문학/사상

8

트랜스로컬

2023

산지니

차례

∞ 쟁점-서평

트랜스 로컬: 어디에 슬래시를 그을 것인가
—『문학/사상』 8호를 내며, 그 앞뒤를 살피며

이번 호로 여덟 번째를 맞는다. '문학 슬래시 사상'이라는 이름으로 4년, 그 이름 아래, 그 시간 동안 우리가 겨눈 채로 벗어나지 않았던 동시에 불가항력적으로 붙들린 채 있었던 것, 모종의 해결책을 얻지 못하고서 암중모색(暗中摸索)하고 있었던 과제상황, 달리 말해 실패와 좌초의 궤적을 그리면서도 무릅쓰고 조형해내고자 했던 문제설정. 그것은 '로컬'이었다. 혹은 위기와 위험이 중층적으로 침탈하는 땅, 즉 '지역'이었고, 사회적 오욕의 낙인을 찍는 비가역적인 폭력의 투하지, 즉 '지방'이었다.

묻고 답하자면 다음과 같이 된다. 긋고 벤다는 뜻의 슬래시(slash), 그렇게 새겨지고 터지는 상처를 뜻하기도 하는 슬래시는 이 8호를 통해 어디서 그어지며 어떤 상처를 만드는가. 슬래시는 지역과 중앙 사이에 그어지는 것(지역/중앙)이 아니라 지역들 혹은 로컬리티들 사이에 그어진다(지역/지역들). 그렇기에 이번 8호의 제안 혹은 테제는 '트랜스 로컬(Trans Local)'이라는 두 낱말의 합으로 집약되며, 그것은 지역성들 간의 횡단과 접선과 차이와 불화를 발견하는 일의 필요성에 대한 설득이고, 그 일의 힘을 실질적으로 의미화할 수 있는 가능성의 타진이다. 그런 한에서, 이 8호의 입론을 지난 5호 『로컬의 방법』(혹은 '방법으로서의 로컬')을 매개했던 총론 「소설이 로컬을 말하는 방법(들)」과 접합시켜 놓게 된다: "사상이든 문학이든 우리는 구체적인 데에 진실이 있다고 믿는다. '주변부성'을 중요한 테제로 앞세우고 다중 스케일의 시각으로 로컬을 분석한 텍스트를 주목해 왔다. 이는 로컬을 매개로 국가와 지역과 세계를 바라보는 시차(視差)를 확인하고 그 갈등과 모순의 구체성에 접근하기 위한 방법적 기획이다." 이를 뒤잇고 있는, 혹은 앞지르고 있는 이번 8호의 총론, 구모룡의 「접촉지대 부산을 사유하는 작가들」의 한 대목을 앞의 총론과 병치해 놓고 그 차이를 바라보게 된다: "로컬에 관한 문제의식은 시간적으로 현재의 리얼리티를 담보하기 위하여 과거를 향할 수 있으며, 공간적으로 다양한 문화와의 일상적이고 복합적인 상호교섭을 전제한다. 이 지점에서 트랜스 로컬의 방법과 실험이 요청된다. 트랜스 로컬은 단지 로컬 사이의 횡단을 의미하는 바는 아니다. 서로의 차이와 모순을 지각함으로써 자본의 조작적 파편화에 대응할 수 있다는 대안적 의의를 지닌다.” 그 트랜스-시차의 방법과 로컬의 구체적 “시정(市井)들”이 맺는 관계를 서로 간에 비추고 있는 이번 8호의 표제 비평들은 총론에서 말해지는 “로컬리티의 색인”을, 그어진 시차의 인덱스들을 확장시키고 있다. 구모룡이 부각시킨 정영선 · 박솔뫼 · 김숨의 소설, 특히 “부산학의 성과를 창작의 동력으로 삼은” 김숨의 소설에 대한 비평은 역사적 시공간과 그것에 결속되어 있는 삶의 형태들의 차이를 “활인(活人)의 서사” 및 “생산자로서의 작가”와 로컬의 방법이 접합되는 맥락 속에서 세세히 드러낸다. 이어지는 김만석의 「해안선의 사상: 트랜스로컬 공간의 창안을 위하여」는 오키나와의 시인이자 언론인 가와미츠 신이치가 “일종의 평화헌법 구상을 통해, 동북아와 동남아를 아우르는 네트워크를 구상하면서 국민국가가 조장하는 폭력의 세계적 질서를 뛰어넘는 평화의 연대를 구상했던” 점에서 시작한다. 가와미츠의 “이바(異場)의 사상”과 연접시켜지고 있는 김정한 · 박화성 · 현기영의 소설들에 대한 비평을 통해 제안되고 있는 김만석의 테제 하나는 다음과 같다: “대지가 목책으로 온통 분할되는 것과 달리, 이동과 스밈을 기본으로 하는 해안선이 중핵이 될 수밖에 없다. 역사적 변동기에 ‘바다’의 비유가 자주 등장하는 것도 우연이 아니다. 달리 말해, 해안선의 사상은 국민국가와 자본의 폭력으로부터 내쫓긴 자들의 지혜와 삶 그리고 예술(환상)을 통해 세계를 '구상'하려는 사유라고 할 수 있다." 그 지점에서 현기영의 최근작 『제주도우다』에서 김만석이 발굴하고 있는 "제헌적 에너지", 즉 "불현듯 나타났던 '제주 공동체'의 회복"은 주목에 값할 것이다. 김서라의 「〈전일그라프〉 이미지와 지역, 광주와 전남의 낙차들」은 "특이한 이미지가 한 장 발견되었다"라는 문장으로 시작한다. 〈전일(全日)그라프〉라는 광주의 사진잡지에서 김서라가 발견하는 새마을 합동결혼식 속 "불만 섞인 신부의 표정", 그것이 "'새마을운동을 자율적으로 수행하는 주민들'이라는 기획된 이미지('완벽할 뻔한 이미지')에서 빠져나갈 수 있는 출구가 되고" 있다는 진단은 광주와 전남(도시와 시골) 간의 낙차를, 로컬의 편차를, 로컬 속의 내부식민지를, 로컬 속에서 집행되는 고통의 외주화 상태를 제시하면서도 그것과 불화하게 되는 삶의 형태들을 드러내는 토대가 된다. 광주의 도시브랜딩에 대한 김서라의 문제제기가 다음과 같이 전개되는데, 그 문제를 넘어서는 구체적 현장의 한 가지 사례이자 범례로서 '찬찬히방앗간'에 대한 분석이 시도된 점에 주목할 수 있을 것이다. "이처럼 광주의 도시 브랜딩은 문화예술을 내세우면서 도시의 이미지를 특정하게 구축하는데 […] 지배 매커니즘의 위계적 관계가 내포된 도시 브랜딩은 주변 지역들(특히 여기서는 전남)과의 관계 또한 첨단과 낙후라는 위계적으로 설정하여 결국 지역의 위성도시화를 초래할 수밖에 없다. 그리고 도시브랜딩이 발전주의과 동일한 맥락을 가지고 있다면, 흔히 떠올리는 농촌지역의 지역브랜딩, 특히 농촌지역의 이미지에서 강조되는 자연경관 또한 '개발된 영토'와 다를 바 없다는 말이 된다."

시인 이중기의 글 「'영천'을 무대로 한 하근찬 작품의 숨은 이야기」, 그것은 '전작(全作)'을 조망한 사람만이 직조해낼 수 있는 작가론의 장관이다. 다섯 시인, 박승열, 서영처, 신정민, 최백규, 최영철의 10편 시작품, 정광모의 소설, 장상은의 현장-비평, 쟁점-서평 4편을 감사히 여기면서, 그러므로 생각하면서 읽을 수 있을 것이다.

보시다시피, 이 머리말은 이번 8호에 수록된 텍스트들을 온당하게 조망하지 못하고 있다. 그 편중을 죄스럽게 여기며 그 편파에 대해 사죄를 빈다. 차고 넘치는, 그럼에도 누군가는 부족하다고 말하는 종이지면들 사이로 『문학/사상』(문학 슬래시 사상)이 운신의 폭과 깊이를 찾아가기 위해, 이번 '트랜스 로컬'은 모종의 사활을 건 임계점이 아닐까라는 생각을 하게 된다. 그렇기에 할 수 있는 일을 해 놓을 필요가 있다고 생각했고, 인용해 놓아야 할 것을 해 놓을 필요가 있다고 생각했다. 김숨의 장편 『잃어버린 사람』, 달리 이름하자면 "부산 쓰기." 그 구체적 쓰기의 규모를, 1946년 봄에 뒤이어진 1947년 9월 어느날 하루의 교차되는 삶들을, 전체 25

부 123장의 폭과 밀도를 인용해 놓게 된다. 그것은 '작가' 김숨이 고안한 시점, "천지의 영혼이 투사된 시점", 즉 "공간과 인물의 위치성을 모두 담보하는 '검은 새'"의 부감(俯瞰)하는 눈을 통해 전개된다: "부두 창고와 잔교 그리고 잔교역을 낀 부두를 중심으로 그 가장자리에 곡정 까치고개, 자갈치 둑, 초량, 초량 물웅덩이, 고관, 매축지, 분개 염전, 도떼기시장, 남선 창고, 4부두 막사, 대청정, 좌천동굴, 적기 소막사, 우암 등(1부). 모지포, 욕지도, 양산, 물금나루터, 다대포 낫개마을, 통도사, 김해 율리, 남빈 어시장, 천마산, 소화정 광장(2부). 범내골, 부산잔교역, 부산진역, 증산, 영도, 거북섬, 수정골, 자진내, 감동포나루, 남빈 어시장, 부산장, 논치, 논치 어시장, 소막골, 부산세관, 구포장, 미도리마치, 남빈 해물 저장창고, 화장막, 좌천(3부). 부두, 소화정 광장, 범내(4부). 해운대, 조선방직, 동천, 사거리 시장 가마보코 공장, 삼화호모, 영도 석탄고마을, 수정산 기슭의 오바골, 남부민 제빙공장(5부). 대풍포 도선장, 복징어고개, 송도, 영도 조락마을, 영도다리, 남빈 어시장, 봉래시장, 나무전 거리, 마키노시마 유곽 거리(6부). 해운대 가을포, 전차종점, 남빈 건어물 거리, 영선고갯길, 곡정(7부). 해운대역 팔각지붕, 거제리 철도관사, 자갈치 둑, 영도다리, 부두(8부). 부산진역, 우암 소 막사, 부두, 부산형무소, 초량시장, 시나마치 거리, 해운루, 동래 온천, 고관, 태종대, 남빈 어시장(9부). 고관거리, 대화옥과자점, 상생관, 사해루, 고도정, 부민포, 새띠고개, 아리랑고개, 부산진역, 조방, 55보급창, 부산잔교역, 부산진역(10부). 시나마치 거리, 춘화원, 영도, 초량, 남선창고(회흥사, 명태고방), 범일동 제제소, 감고개, 감골, 조방(11부). 동방미곡상회, 태평정미소, 초량, 삼미생과자점, 부두, 부산형무소, 범내골, 곡정 가치고개(12부). 장수통, 구덕령, 미도리마치, 아미산 화장터, 초량양조장, 도떼기시장, 길전박문당, 소기세탁소, 40계단, 장수목욕탕, 사해루(13부). 새띠고개, 모지포, 거북섬(14부). 낫개마을, 대가리섬, 소화정 광장, 천마산, 부산우편국 건물, 부립병원, 미나카이 백화점, 좌천, 청사포, 넓둑돌, 고두백이, 소화관, 부산역 앞마당, 용두산(15부). 함지골, 세계잡화점, 부산산부인과, 유행양화점, 광복이발관, 사해루(16부). 우암 소 막사, 영도, 양산 명매기마을(17부). 영도, 태종대(18부). 보수정, 조선방직, 송도 아랫길, 새띠고개, 남부민, (19부). 까치고개(20부). 부두 잔교, 부두 소금창고(21부). 도떼기시장, 부산진역, 장수통, 미도리마치(22부). 우편국, 소막사, 춘화원, 영도상회, 동방미곡상회, 사해루(23부). 새띠고개, 모지포, 까치고개, 영도다리, 원산여인숙, 소화정 광장, 미도리마치(24부). 춘화원, 대풍포 도선장, 미도리마치(녹정), 수정산 오바골, 일광광산, 적기 뱃머리 소 막사, 시라이시 제염소, 석견정, 미키노시마 유곽(25부)."

이 빼곡한 나열 혹은 촘촘한 나선, 그 주름 접힌 삶-회로 속에서의 접속들과 차단들 곁에서, 이번 8호 이후의 '문학 슬래시 사상'이 걸어야 하고 걸을 수 있는 험로(險路) 하나를, 그런 걷기의 태도 하나를 제시해 놓는 것으로 글을 닫고자 한다: '로컬'에 관하여 다시 이야기할 것, 그 이야기에 더 잘 실패할 것, 그 이야기 속에서 현명하게 길을 잃을 것. 그럼으로써 로컬의 이론이, 로컬에서의 어떤 삶이 절망을 포기하지 않는 희망 속에서 지탱될 수 있게 할 것.

2023년 10월
편집진과 더불어
윤인로 씀

Σ 시

코끼리와 나

박승열

꿈에 코끼리가 나왔는데 매우 친근했다

코끼리라는 것은 이 세상에 없습니다
아니 코가 길고 네 발 달린 그것을 모르시나요?

나는 지갑에서 코끼리 사진을 꺼내 건네줬다
의사는 내가 건네준 사진을 유심히 들여다보다가

이것은 아직 인화가 되지 않은 사진인 것 같군요

나는 의사와의 대화 중에 깜빡 졸았는데
코끼리는 나오지 않았고
대신 어둠만이 있었다

코끼리라, 참 독특한 이름이네요
그 이름을 어디서 들었지요?

아니 코끼리를 정말 모르시나요?
긴 코로 물을 내뿜는

또 깜빡 깜빡 졸 때에
코끼리는 나왔다가
또 나오지 않았다가
그랬는데

나는 코끼리한테 밟힌 적이 있어요
아스팔트 위에 드러누워서 새벽녘 차 없음 사람 없음을 감당하고 있었는데
코끼리가 아스팔트 위를 성큼성큼 걸어오더니
그대로 나를 밟고 지나가버렸어요

코끼리라는 것은 새벽녘 뺑소니에 대한 은유인가요?

나는 윗옷을 들쳐 움푹 패인 내 가슴을 보여줬다

이게 코끼리가 나를 밟고 지나간 자국이에요

코끼리라는 것이, 그리 크지는 않나 보네요

아니 코끼리를 한 번도 본 적이 없으세요? 정말로

코끼리라, 코끼리, 아뇨 전혀
그거 혹시 고슴도치 같은 건가요? 그쪽이 어제 말했던

고슴도치는 그렇다 하더라도 코끼리를 모른다는 건 또 웬말인가!

그러고보니 어제는 내 몸 위로 고슴도치가 굴러갔던 얘기를 들려줬고
윗옷을 들쳐
가슴과 배에 깊숙하게 박혀 있는
큰 가시들을 보여줬다

오늘 가시는 온 데 간 데 없고
코끼리가 나를 밟고 지나간 자국만 선명하게 남아 있는데

나는 고개를 푹 숙이고
그래요, 코끼리라는 것은 이 세상에 없어요
다 제가 지어낸 얘기에요

했더니

코끼리의 큰 발이 병원 창을 깨고 들어와
의사를 그대로 짓밟아버렸다

밤의 드라이브

박승열

밤의 드라이브
밤의 양송이
밤의 AI

밤에는 드라이브를 가야지
그리고 나도 빌보트 차트 100에 랭크되고 싶다

밤의 드라이브
그리고 아무 노래나 틀어놓기로 결심할 때
유튜브 랜덤재생에서 내 음악이 우연히 흘러나왔으면 좋겠어

밤의 드라이브는 편안하고

밤의 드라이브는 정겹고
밤의 드라이브는 시원하다

밤의 드라이브를 하면서
창틈으로 넘어오는 새들의 노래

밤에 걷는 새는 밤에 걷는다
밤에 걷는 새는 종일 걷는다
밤에 걷는 새의 세계일주

밤에 걷는 새의 발걸음을
밤의 드라이브로
천천히 따라붙는 모습

밤의 드라이브
밤의 터널
밤의 고가도로 위를
뛰어가는 밤의 개미들

내가 밤의 드라이브를 제대로 하고 있는지 모르겠어

밤의 드라이브

밤에는
아니 밤에도
음주운전은 하지 말아야지

그러면 밤의 드라이브를 제대로 하는 거야

나는 밤의 드라이브를 하는 중에
고가도로를 일렬로 막아선
고슴도치 가족을 만난다

밤의 드라이브
밤의 궁전
밤의 오두막

밤에는 궁전에서 우르르 몰려나와
일제히 항의하는
밤의 쥐들

밤의 드라이브
밤에는

잠들지 못하는 밤

나는 드라이브를 나간다

박승열

2018 『현대시』 하반기 신인상으로 등단. 시집 『감자가 나를 보고 있었다』

aktmxj160@gmail.com

가자 장미맨션

서영처

재와 연기로 이루어진 고양이
내 불면의 경계를 들락거리다 그림자를 잃어버린다

햇살이 반짝거리는 오후
뭐라 뭐라 말을 하는 입속에 흰 건반이 돋아난다

부르다 만 노래처럼 날아다니는 나비를 따라다니다가
마우스패드에 앉아 마우스를 기다린다

눈꺼풀 아래 장미정원을 만든다
장미 속엔 풍만한 여인들
가시 같은 속눈썹을 맺으며 구름 위로 뻗어나간다

(길을 잘못 들었다고 생각되는 지점에서 눈을 감고
남남동으로 150보 직진하면 장미맨션이 나온다)

맨션의 컴컴한 옷장엔
외출한 엄마 냄새를 풍기는 얼굴 없는 사람들
행렬을 따라 봄 여름 가을 겨울 속으로 뛰어다닌다

내 잠 속으로 잠행한다
난간에 매달린 그림자를 데리고 독한 방귀를 뀌며 돌아
온다

햇살이 눈썹이며 수염을 만들었구나
골똘한 생각에 잠겨 장미라고 썼는데 장마가 시작되는
구나
야옹, 비를 흠뻑 맞은 고양이
내게 좁은 문을 열어주는 문 앞의 고양이

마리오네트

서영처

스패너로 뼈들을 죈다 열 개의 손가락 발가락들이 어루만지는 세상 수차 돌리듯 페달을 밟는다 육각형으로 음들의 결정체가 익어간다

공단 위로 연기가 솟아오른다 연기를 마시며 누가 오르간을 친다 강쪽으로 뿌리를 뻗고 키가 자라는 아파트 마스크를 낀 아파트 단지가 쿨럭거린다

시루떡처럼 쌓인 상가 콩고물 팥고물 같은 간판이 붙는다

언젠가 죽을 사람이 교문 앞에서 기다리던 도시의 서쪽 물 빠진 다리 아래서 비둘기가 머리카락을 한 아름 물고 돌

아온다

수상교회 위 나의 수상한 하나님 당신은 햇살을 낚싯대처럼 드리워 목숨들을 낚아올린다 팔을 뻗어 농구공 같은 해를 아파트 단지 뒤로 넘긴다

관절이 덜거덕거린다 쇠막대기에 모가지가 잡혀 입이 벌어지는 저녁이다

서영처
2003『문학/판』으로 등단
시집『피아노 악어』,『말뚝에 묶인 피아노』
munji64@hanmail.net

뱀이 운다

신정민

나는 평생 나를 못 보고 죽을 것이다

비애가 의탁할 수밖에 없는 천형

능사가 울면 뱀들이 온다

풀어놓은 닭을 피해서 돼지우리를 돌아서 온다

주어진 운명에 다가가고 있는 비유

마주치지 않은 운명도 있는 법

불행과 다행의 한 끗 차이

독 없는 능사의 울음이 울음을 삼킬 수 있도록

자처한 희생양

목숨 걸고 왔으니 목숨 걸고 돌아선다

무사하다는 것

기약 없는 바닥을 밀며 간다는 것

다시 살아있다는 것

*

뱀을 잡으면 뒤곁 화장실 가는 길 아래 묻었다 오가는 사람들이 묻힌 뱀을 밟아댔다 보이지 않는 뱀 어떤 뱀은 닭장 근처에 구덩이를 파고 묻었다 얼기설기 흙 덮어놓은 자리에서 구더기들이 올라오면 닭들에게 던져주었다 닭들은 온몸의 깃털이 몽땅 빠졌다 빠진 깃털이 다시 날 때까지 사람들은 기다렸다 눈부신 깃털을 가진 닭은 함부로 잡지 않았다

*

나는 내 눈에만 밟혔다

마음을 분석해줄 공식이 있다면

신정민

그가 오려낸 등가죽을 보여주었다 희고 티 한 점 없는 줄 알았는데 피부의 숨구멍들이 잘 익은 딸기 씨앗처럼 선명했다

'그것이 무엇인가요'

묻기도 전에 긴 타원형 그것의 위치를 돌려 보여주었다 그때 잘 닫혀있는 항문인 듯 보이는 이곳이 이 악기의 주둥이라고 했다

'이곳에 숨을 불어넣어 볼게'

거무튀튀한 실선들은 불어난 살이 만들어 준 튼 살이었

다 바람이 새지 않게 묶어놓은 목과 다리 넷은 보온 물주머니처럼 생긴 악기였다 묶인 곳을 풀고 입을 대고 불었다

풍선처럼 부풀던 그것이 부풀면서 말했다

'어떤 소리도 듣지 못했는데'

나는 이것이 어떤 뜻인지 알기 위해 싫어하는 수학책 세 권을 빌렸다 만물의 공식과 작은 수학자의 생각실험 그리고 주사위 놀이였다

꿈에 보았던 그림을 그려놓은 포스트잇을 버리고 책을 읽기 시작했다

'이상한 꿈에서 이상한, 이란 수사를 지워주세요'

땀구멍이 큰 등가죽을 보여준 사람은 보이지 않았다 그것을 내게 보여주기 위한 손은 보였다 구멍 하나하나에 잘 익은 딸기 씨앗들이 아무래도 분명했다

놀랐는지 태연했는지 눈동자 같은 땀구멍 말고는 살가죽은 여전히 깨끗했다

‘등가죽의 방향을 다시 돌려볼게요’

꿈속에 돼지가죽 배가 떴다 팽팽하게 부푼 등가죽을 타고 강물이 가자는 대로 떠내려갔다

신정민
전북 전주 출생
2003년 〈부산일보〉 신춘 등단
시집 『저녁은 안녕이란 인사를 하지 않는다』 『의자를 두고 내렸다』 외
2020년 최계락문학상. 2021년 아르코 수혜. 2022년 지리산문학상
jungmin1204@hanmail.net

야행성

최백규

섞은 것 중에서 무엇에 취했는지 알 수 없어
맛이 간 채로 스프레이 래커를
벽에 흩뿌려

어지러워 늘어선 형광 조명과
오락기의 최고점
회전하는 룰렛에 가진 돈을 전부 걸고
무덤 위에 침을 뱉듯
현찰을 챙기고
눈이 돌아가고

투명한 입술과 피부의 색
한 번에 들이켠 후 털고 일어서듯

해가 뜨면
매번 다른 사람들이 옆에 누워 있어
누가 누구인지 알아보지 못해
우리는 우리를 믿지 않아

우리에게
파도와 햇살과 새가 있어도
돌아갈 곳이 없다는 사실에

덩그러니 트램펄린만 버려진 종착역 한복판에서

샤워를 하듯이 침대 위로 지폐가 내리는 꿈을 꿔 해가 지면 다시
비가 쌓이는 이불 아래서
사랑을

저지른 적 있어 무언가
그은 자국의 손목과
명치엔 붉은 장미
불을 붙이는 동안
연기 사이 너는 지나치게 아름답고
사진을 찍고

너를 지우고
익숙한 냄새 속에 몸이 느껴지지 않아서

지구가 계속하여 휘청거린다

누워 있었다 사이렌 소리가 지나갈 때까지

봐
우리가 올려다보던 곳 맨 위에 내 이름이 새겨졌어
우리가 동경하던 무대들에 서
함께 고른 옷을 입고서
너와 걸으면 모두 우리만 쳐다봤었는데
객석에 너는 없잖아
하지만 나는 너의 시를 읽어
그래 네가 나에게 줬던
너는 나의 빛
너는 나의 파편
너는 나의 선잠과 감기약
저편에서 붉은 신호등이 깜박거려
손으로 얼굴을 감싸고 차도 중앙선을 따라 걸으면
모든 네가 내 표정을
쓸어내리네

긴 터널로 차가 진입하는 것처럼 오래 숨을 참았지

이제 우리를 집어삼킬 테니까

절벽

최백규

절벽이 있었다 절벽을 오르는 사람이 있었다 절벽 앞에서 절벽을 오르는 사람을 구경하는 절벽이 있었다 절벽을 깎는 절벽이 있었다 절벽의 손이 차가워졌다 피지 않는 절벽이 있었다 부숴버리고 싶은 절벽이 있었다 나무 아래 새끼들을 숨긴 사슴은 절벽 끝으로 물이 차오르는 현실을 마주했다 바람이 흐르고 있었다 절벽 위에서 기다리는 것이 있었다 바람이 흐르고 있었다

최백규

1992년 출생. 2014년 『문학사상』 신인문학상. 시집 『네가 울어서 꽃은 진다』. 시선집 『이 여름이 우리의 첫사랑이니까』. 동인 시집 『한 줄도 너를 잊지 못했다』. 창작동인 '뿔'로 활동 중.

qkenr312@hanmail.net

한계선 꽃게들

최영철

북방한계선과 남방한계선
2킬로미터에서 4킬로미터 사이
누가 일러주지 않았는데도
거기가 제일 안전하다는 걸 안다
거기가 제일 위험하다는 걸 안다
삼엄한 중도의 평화
벼린 칼날 위의 가부좌
한계선의 야심이 호시탐탐
양쪽을 노려보고 있다
거기 슬며시 한쪽 발을 올려놓는
평화를 전쟁이 걷어찬다
전쟁이 평화를 밀어낸다
쉽게 넘보지 못할 가시밭길 낙원

너무도 오래 질기게 버티고 선
아수라의 평화
그걸 찾아 지금 꽃게들이
엉킨 매듭을 물어뜯고 있다
집게발로 넘어서야 할 곳을 꿰매고 있다

기어간다 기어온다

최영철

아무 상관없는 날 상관없는 몸을 빌려 상관없는 일을 하다 누가 문질러 주어 가만히 잠자코 죽었다고 했다 아무리 뜯어보아도 어리둥절 상관없는 곳에 태어나 여기가 어디지 둘러보는 사이 혼돈이 흐르고 예정된 시간이 모두 지났다고 했다 다만 그런 숨겨진 진실을 수십 수만 귓속말로 주고받던 너는 도통 일면식도 없던 밤 소쩍새

몇억 광년 죽고 살았는데 살고 죽었는데 깜빡 찰나 눈 흘기다 죽었는데 수도 없이 등 돌리다 가슴에 품고 짓밟아 버렸는데 꼭 죽고 못 사는 연인이어야 했는지 꼭 살고 못 죽는 원수여야 했는지 다시 처음 자리 와서는 그렇게 꼭 붉은 꽃이어야 하고 노랑 깃털이어야 하고 흰 주둥이여야 했는지 그걸 옮기는 바람은 꼭 색깔 없는 쑥맥이어야 했는지 더 이

상 사랑할 자신 없으면 딱 그만큼의 미워할 용기 없으면 더 이상 너는 휘몰아치는 돌풍이 아니어도 되는 것인지

분노는 아니었고 힘 불끈 솟는 증오는 더욱 아니었던 아무도 등 떠밀지 않은 길 온몸에 처바르며 저만큼 미끄러져 종종걸음 사라져버린 잡을 수 없는 참을 수 있는 차라리 아무에게도 말할 수 없는 지지리 못난 첫사랑 보여줄 수 없는 극한 살금살금 능란하기만 한 보폭이어야 했는지 영영 따라잡을 수 없는 오리무중 갈림길이어야 했는지

최영철

1986년 〈한국일보〉 신춘문예 시 당선. 시집 『멸종미안족』, 『말라간다 날아간다 흩어진다』, 『금정산을 보냈다』, 『찔러본다』, 『일광욕하는 가구』, 『그림자호수』 외. 산문집 『시로부터』 외. 백석문학상, 최계락문학상, 이형기문학상 등 수상.

Ⅱ 비판-비평

접촉지대 부산을 사유하는 작가들

구모룡

1. 로컬의 문학사상

아리프 딜릭이 말하듯이 거듭 로컬을 소환하는 까닭은 그것이 처한 곤경을 가능성으로 전환하려는 과정에 있다.[1] 먼저 곤경은 로컬이 애착이나 조작의 대상이 되는 때에 발생한다. 애착은 과거의 상실이나 그에 대한 동경의 감정 양식과 다를 바 없다. 상실과 향수(nostalgia)의 교차 속에서 로컬은 상호 모방과 자기 소비라는 자본의 조작에 직면한다. 지구적 자본에 대한 로컬의 저항조차 반근대주의라는 한계에 갇히고 만다. 가능성은 아리프 딜릭이 말하듯이 '근대성을 거친

1 아리프 딜릭, 「로컬적인 것 속의 글로벌적인 것」, 『글로벌/로컬』, 롭 윌슨 · 위말 디싸나야케 엮음, 김용규 옮김, 에코리브르, 2019, 47쪽.

로컬'에서 찾아진다. 물론 곤경과 가능성 사이에 많은 시차와 장벽이 있다. 이를 함께 사유하는 일은 스스로 종속되고 있음을 알면서 해방을 모색하는 아이러니에 다를 바 없다. 그러니까 가능성은 아이러니의 복잡성, 변증법에서 유발한다. 주지하듯이 로컬은 최상위 세계와 국가 그리고 이들 사이의 지역(region)과 같은 영역이 지니는 관념과 추상과 달리 몸의 감각과 일상과 생활의 구체가 자리하는 경험적 삶이 실현되고 지속하는 장소이다. 그래서 전통사회처럼 자족적이거나 폐쇄적이며 순환적일 수도 있어서 근대주의를 관통하면서 이것이 마치 반근대주의의 보루처럼 여겨지기도 한다. 여기에서 로컬주의(로컬의 자기중심주의)가 탄생하며 나아가서 유기적 공동체의 상실이라는 서정적 비전으로 전화하기도 한다. 하지만 근대를 경험한 로컬은 순진한 유토피아의 꿈과 거리가 멀다. 끊임없는 종속과 수탈을 겪으면서 소멸을 경험한다. 로컬은 과거로부터 내려온 모순을 폐기하는 협상과 미래에 가질 가능성의 장소이다. 그러므로 로컬의 모순과 위기가 사유와 저항의 계기이자 문학적 방법의 시발이 된다.

처음 로컬을 주목한 계기는 일국적 수준의 모순에서 비롯하지만, 그것을 구성하는 내용이 로컬 그 자체는 물론이고 국가와 세계가 침입해 있다는 사실을 자각하면서 주요한 '문제틀'로 부상한다. 이는 한편으로 주류 문학적 패션을 향한 모방의 욕구를 차단하고 구체적 삶의 진실을 제대로 인식하겠다는 의지와 결부한다. 이는 단순한 이분법적 저항의 문제가 아니다. 무엇보다 자기에 대한 지각 능력을 향상함으로써 삶과 세계의 진실을 말할 수 있다는 사실과 연관한다. 이를 나는 "자기가 발 딛고 사는 대지를 사유의 단초로 삼되 그 대지에 매몰되지 않는 자의식—두 제곱된 사유"[2]라고 한 바 있다. 자기로부터 글쓰기는 로컬의 신체에 각인된 전통과 근대, 근대성과 식민성, 제국과 국가, 폭력과 희생을 되살려 이야기하는 일인데 멀리 보며 구체적으로 쓰기와 두껍게 쓰기와 다시 쓰기를 동반한다.[3] 일상과 생활 수준의 구체성을 핍진하게 살피고 기존의 문학적 장치와 관습에 얽매이지 않으면서 다양한 형식과 다성성(多聲性)을 생성하자는 제안이다. 필연적으로 기왕의 자료를 다시 읽고 새롭게 쓸 수밖에 없다. 이를 달리 말하여 '지역학과 병행하는 글쓰기의 모험'이라고 할 수도 있겠다.

로컬의 방법이 소설적 성취로 나타난 최근의 예로 정영선의 장편 『아무것도 아닌 빛』을 주목할 수 있다. 그 발상에서 이 소설은 다시 쓰기를 실천하고 있다. 안재성이 쓴 『신

2 구모룡, 「지역문학: 문학적 생성 공간으로서의 경계영역」, 『지역문학과 주변부적 시각』, 신생, 2005, 26쪽.

3 구모룡, 「지역비평의 위상에 대한 회고와 전망」, 『폐허의 푸른빛—비평의 원근법』, 산지니, 2019, 55-56쪽.

불산—빨치산 구연철 생애사』를 시발로 작가는 실재 인물인 '구연철'을 다시 탐문하고 그의 삶을 서술한다. 소설은 구연철에 해당하는 인물인 '안재석'을 한 축에 두고 다른 한편에 '조향자'라는 인물을 내세우면서 이들과 더불어 식민 시기와 해방 그리고 한국 전쟁을 경유한 사람들의 지금-여기의 삶을 구체적으로 두껍게 이야기하는데 이 모든 일이 부산의 외곽 끝자락에 자리한 '은곡'이라는 국지적 공간에서 시작하고 끝이 난다. 그런데 이 소설의 무대인 '은곡'은 현재의 삶을 말하는 장소이며 등장하는 인물들의 내력에 따라 소설의 장소와 공간은 지역(region)과 해협을 넘나든다. 오사카, 히로시마 단바라, 야마구치, 후쿠오카 등 일본에서의 곤궁한 생존과 영도, 수정동 등 부산의 주변부에서의 생활이 이어지고 겹친다. 제국의 바다를 건너갔다 귀환한 이들과 식민의 질곡을 견뎌낸 이들이 우여곡절을 드러내면서 서로 만나고 헤어지는 접면이 두텁다. 로컬의 한 장소에 사는 사람들의 이야기를 따라가 보니 고구마 줄기에 딸려오는 고구마처럼 여러 사람의 삶이 얽혀 있음을 알게 된다. 이를 작가는 시점을 교차하는 겹눈으로 이들의 이야기에 서사적 장력을 더한다. 그러면서 핵심적인 두 인물을 마주 세워 플롯의 구심력을 이끈다. 인물 하나하나에 다정한 시선을 주면서 주요 인물의 성격을 뚜렷하게 부각하였다.[4] 정영선은 이 소설을 통하여 로컬을 깊고 두껍게 사유하고 국가 시야와 동아시아 지역의 역사적 기억을 중첩하는 인식을 확장하면서 그에 상응하는 서사를 직조하였다.

『아무것도 아닌 빛』과 같은 작품을 통하여 로컬이 소설적 방법이자 가능성임을 알기 어렵지 않다. 로컬의 곤경과 가능성을 변증법으로 인식하는 서사는 '비판적 로컬주의'(critical localism)로 명명될 수 있다. 아리프 딜릭은 이와 같은 비판적 로컬주의가 배척해야 할 세 가지 대상을 1)과거 공동체에 대한 낭만적 향수 2)새로운 종류의 패권적인 민족주의적 열망 3)현재를 과거 속에 가두려는 역사주의 등을 들고 있다.[5] 로컬을 토대로 한 생성적 혹은 형성적 서사는 앞서 말한 세 가지의 의식 구조를 해체하면서 그 기미를 얻을 수 있게 된다. 적어도 정영선의 장편이 도달한 용서와 화해 그리고 새로운 사랑의 발명은 이와 같은 서사의 지향에 합류할 수 있지 않을까 생각한다.

---

4 이에 대한 자세한 논의는 정영선의 장편 소설 『아무것도 아닌 빛』의 해설, 「사랑과 믿음의 엘레지」 참조.

5 아리프 딜릭, 앞의 글, 61쪽.

2. 접촉지대 부산: 박솔뫼의『인터내셔널의 밤』

로컬에 관한 문제의식은 시간적으로 현재의 리얼리티를 담보하기 위하여 과거를 향할 수 있으며, 공간적으로 다양한 문화와의 일상적이고 복합적인 상호교섭을 전제한다. 이 지점에서 트랜스 로컬의 방법과 실험이 요청된다. 트랜스 로컬은 단지 로컬 사이의 횡단을 의미하는 바는 아니다. 서로의 차이와 모순을 지각함으로써 자본의 조작적 파편화에 대응할 수 있다는 대안적 의의를 지닌다. 역시 아리프 딜릭은 "로컬적 저항이 의미 있으려면 그 의식과 행동에 있어 횡단 로컬적(translocal)이어야 한다"[6]라고 지적한다. 바로 의식과 행동에 있어 봉착하는 모순을 극복해야 한다는 요청이다. 중심과 주변의 구조와 흡수와 동화 그리고 소멸의 대상으로서의 로컬이라는 개념에 맞서기 위한 실천적 방법인 셈이다. 그리고 이러한 가능성을 이미 박솔뫼의『미래 산책 연습』을 통하여 포착한 바 있다.[7] 표제가 말하듯이 작가는 걸어서 장소를 구체적으로 감각하면서 어떤 미래를 예감하는 느린 서사를 수행한다. 이런 가운데 부산에서 일어난 사건과 인물을 매개로 광주의 오월을 사유한다. 물론 서로 다른 로컬의 차이와 모순을 변증하면서 형성적인 서사로 가는 길을 열

6 같은 글, 66쪽.

7 구모룡,「소설이 로컬을 말하는 방법(들)」,『문학/사상』 5호, 산지니, 2022, 45-46쪽.

고 있다. 보행처럼 느리지만 구체적인 지각을 통하여 생성하는 의미를 발견하고자 한다. 그런데 박솔뫼의 장편 『미래 산책 연습』의 발단은 2020년 부산비엔날레가 기획한 『열 장의 이야기와 다섯 편의 시』에 실린 단편 「매일 산책 연습」에서 비롯한다. 이 소설에서 주인공은 작업실로 쓸 아파트를 구하기 위하여 "부산역에서 차이나타운을 지나 중앙동을 걷다 광복동 남포동을 향하며 국제시장 근처에 용두산 아파트"에 당도한다. 여기서 그는 "유나백화점 건물이었던 것을 지나고 이 건물 6층 남자 화장실에서 1982년 한 대학생이 유인물을 뿌린 것을" 떠올리고 "거기서는 미문화원 전경이 보였을 것"이라고 생각한다. 그러니까 박솔뫼의 산책 연습은 이처럼 매일의 일상 속에서 과거의 역사적 사건—여기서는 미문화원 방화사건—을 환기하는 방법을 선택한다. 하지만 소설은 이를 전경화하기보다 세세하고 구체적인 일상의 한켠으로 접속한다. 친구의 소개로 안 '최명환'과 지내면서 같이 이야기도 나누고 술을 마시며 그녀의 집에서 기숙하며 "의례처럼 국제시장 주변을 한 번 돌고" 중앙성당을 들렀다 "부산근대역사관"에 이르러 다시 "그곳에 불을 붙인 이들"을 떠올린다. 그러면서 "그중에 한 명은 후에 작가가 되고 몇 권의 책도 번역"하였는데 화자 주인공인 '나'는 "그가 번역한 밥 딜런 평전을 도서관에서 빌려"온다. 느린 산책과 상념의 교차로 서술을 지속하면서 서사의 벡터를 생성하고 있다. 마이크

마키스의 『밥 딜런 평전』을 번역한 이는 김백리인데 이 평전의 한 "부분을 읽다가 현재와 미래를 생각하는 사람들 와야 할 것들을 끊임없이 생각하고 지금에서 그것을 지치지 않고 찾아내는 사람들은 이미 미래를 살고 있다고", "시간을 끊임없이 바라보고 와야 할 것들에 몰두하고 사람들의 얼굴에서 무언가를 찾아내고자 하는 이들은 와야 할 것이라 믿는 것들을 이미 연습을 통해 살고 있을 것이라고" 생각한다. 바로 이 대목에서 단편 「매일 산책 연습」이 장편 『미래 산책 연습』으로 전화하는 계기를 발견할 수 있다. 그리고 '최명환'이 목격하고 겪은 방화사건을 듣고서 사건의 주요 인물 가운데 하나인 '김은숙'을 알려고 한다. 현재를 걸으면서 과거의 이야기를 듣고 그 흔적을 발견하면서 미래를 예감하는 연습을 계속한다. 이러한 과정을 경유하면서 작가는 '매일 산책 연습'을 '미래 산책 연습'으로 더 나아가며 장편 『미래 산책 연습』에서 부산과 광주라는 로컬 횡단적 시야를 획득한다.

그런데 2020년에 「매일 산책 연습」을 발표하기 이전에 박솔뫼는 2018년 『인터내셔널의 밤』으로 부산을 이야기하고 있다. 이 소설의 주인공인 '한솔'은 염상섭의 중편 「만세전」의 주인공인 '이인화'를 닮았다. '이인화'가 시모노세키에서 관부연락선을 타고 부산항 부두에 하선한 뒤에 부산역에서 기차를 갈아타기까지 남은 시간에 부산을 배회하였듯이 '한솔'은 고베에 사는 친구 '영우'의 결혼식에 가기까지 사흘을 부산역 부근 호텔에 머물면서 이곳저곳을 산책한다. 기차에서 만난 '나미'처럼 '한솔'은 여러 번 부산에 와 보았으나 부산을 잘 모른다고 생각한다. 이들에게 부산은 타자의 시선에 비친 풍경에 가깝다. 하지만 '한솔'은 자신을 "읽고 걷는 사람"으로 생각하고 있으므로 걸으면서 그 장소와 공간을 지각하려는 의지가 크다. 사이비 종교 집단에서 이탈하여 이모의 친구 '유미'의 집으로 도주한 '나미'는 난민처럼 부산을 도피처로 생각한다. 마침 이모의 친구인 '유미'는 한때 부산과 오사카를 왕래하는 크루즈의 가수이기도 하다. '한솔'과 '나미' 그리고 '유미'가 부산항 여객 터미널에서 함께 만나는 장면은 이 소설이 부산의 특이성을 포착하려는 의도와 무연하지 않다.

부산은 접촉지대(contact zone)이며 식민도시로부터 출발하여 근대도시로 성장하였다. 메리 루이스 프랫에 의하면 접촉지대는 "지배와 복종, 식민주의와 노예제도 등과 같이 극도로 비대칭적인 관계 속에서, 또는 이러한 것들이 오늘날 전 세계를 가로질러 계속해서 유지되고 있는 것과 같이 극도로 비대칭적인 관계가 초래한 결과 속에서 이종 문화들이 만나고 부딪히고 서로 맞붙어 싸우는 사회적 공간"[8]이다. 이는 제국주의 시대에 문화횡단이 이루어지는 공간을 의미하

---

8 메리 루이스 프랫, 김남혁 옮김, 『제국의 시선』, 현실문화, 2015, 32쪽.

는데 오늘날 해항도시(seaport city)는 여전히 문화교섭의 장으로 존재한다. 박솔뫼가 『인터내셔널의 밤』을 통하여 인식하고 드러내고자 한 부산의 특이성도 접촉지대의 개념에 상응하는 의미를 내포한다. 다만 메리 루이스 프랫이 말한 비대칭적인 제국의 시선과 달리 '조망적인' 입장을 극복하고 풍경의 내부에 도달하려는 연습으로 나타난다. 물론 이 소설이 서술하는 장소는 앞선 두 편에 비하여 구체적 세목에서 결여가 적지 않다. 그렇지만 걸으면서 낯선 사람과 사물을 만나고 자기와 타자를 이야기하는 과정이 진지하고 섬세하다. 이는 무엇보다 먼저 성적 소수자인 주인공의 위치와 연관한다. '영우'의 결혼이라는 어긋남에서 비롯한 '한솔'의 머뭇거림이 부산에서의 배회로 나타나는데 항상 배제를 염려하는 '한솔'이므로 카프카가 말한 검열과 심문 그리고 소외에 민감하다. 이는 사이비 종교 집단에서 탈주한 '나미'가 지닌 난민 의식과 쉽게 접속하는 정동으로 작동한다. 오사카로 크루즈를 타고 떠나는 '나미'의 모습도 로컬 부산의 특성에 상응하며 '한솔'이 "조상 중에도, 만주로 간 사람들과 배를 타고 오사카로 간 사람들과 북으로 간 사람들과 미국으로 간 사람들이 있을 수 있겠지"라고 생각하면서 테사 모리스 스즈키가 쓴 『북한행 엑서더스』에 등장하는 '리카 히로시' 이야기를 소설 안에 기입하는 까닭도 접촉지대가 유발하는 상상력과 연관한다. 일본어 간판이나 보수동 헌책방에

꽂힌 일본어 서적, 길에서 마주친 러시아 청년이나 교토 재일조선인 학교 교사를 은퇴한 남자도 부산의 로컬리티를 말하는 색인에 속한다. 러시아 청년을 지나치면서 지금이 러시아 혁명 100주년을 상기하고 〈인터내셔널가〉를 떠올리다 〈아리랑〉을 생각한다. 소설의 표제가 이제는 사람들이 거의 기억하지 않는 〈인터내셔널가〉에 있음이 분명하다. 하지만 '인터내셔널'은 러시아 혁명 당시의 맥락을 상실한 채 국가의 경계를 넘나드는 전 지구적 자본주의를 의미할 따름이다.

박솔뫼의 『인터내셔널의 밤』이 접촉지대 부산의 특이성을 포획한 의의는 크다. 다만 연습이라는 서사적 방법은 더 많은 밀도와 힘을 요구한다. 이를 그는 읽기, 걷기, 만나기, 이야기하기 등을 포개고 겹치면서 그 크기와 두께를 더하고 있다. 이 점에서 장편 『미래 산책 연습』 이후에 대한 기대가 크다.

3. 기억의 단층과 이야기의 진실: 김숨의 『잃어버린 사람』

김숨의 소설 쓰기는 죽은 인물들을 살려내는 데서 광휘를 드러낸다. 그야말로 그는 역사보다 허구가 더 진실하다는 아리스토텔레스의 명제에 부합하는 작가이다. 가령 『떠도는 땅』은 연해주에서 중앙아시아로 강제 이주한 고려인들이 한 달 동안 화물 열차에 짐짝처럼 실려 가는 이야기이다.

1937년의 현장을 생생하게 재현하는데 인물과 그 가족을 살아 있는 실제 사람의 형상으로 되살려 놓았다. 물론 여기에 등장하는 인물들은 순전히 김숨이 만든 허구의 구성물이다. 바로 이 점이 놀라운 대목인데 그는 마치 죽은 자의 혼령을 불러오거나 그를 살려내는 주술을 발휘하는 영매나 무당과 다를 바 없다. 이러한 김숨이 그의 서사에 부산을 접속한 계기는 2020년 부산비엔날레가 기획한 『열 장의 이야기와 다섯 편의 시』에 실린 단편 「초록은 슬프다」에서 비롯한다. 이 소설에서 극화된 화자 주인공은 일본군 위안부로 끌려갔다 일본의 패전 후 두 달이 지난 시점에 귀환선을 타고 고향으로 돌아와 군대 간호사로 있었다고 어머니에게 거짓하며 살다 "싱가포르 연합군 포로수용소"에서 만난 여자애가 찾아와 친구들이 "남포동 미도리마치"에 있음을 알려주자 그들을 찾아간다. 동래에서 전찻길을 따라 미도리마치(綠町)에 이르기까지 여러 사람을 만나고 사건을 겪는다. 미도리마치 즉 녹정은 1916년 일제가 만든 공창으로 미군정 시절에는 '그린 스트리트'로 존속하다 1948년 공창제 폐지 이후 완월동으로 잔존하다 1982년 충무동으로 변경된 장소이다. 주인공은 "일본군야전병원에서 신던 굽 높은 흰 샌들"을 신고서 "또각 또각" 소리를 내면서 양산에서 동래를 거쳐 부산역사 건물이 보이는 지점에 이른다. 이러한 행로에서 재첩국 장수, 난전과 미군, 지게미를 먹고 취한 빡빡머리 소년과 이 소년 때문에 가마보꼬(일본 어묵)를 자전거에 싣고 가다 넘어지는 배달꾼, "흰 블라우스에 검정 주름치마를 입은 소녀", 아이를 지우고 불상에 절을 하는 여인, 그리고 위안소 사람들을 만난다. 온통 피어나지 못한 초록의 슬픔으로 가득한 세상이다. 일본군 대신에 그 자리에 미군이 있고 위안부에 있던 친구들은 집으로 돌아가지 못하고 미도리마치에 있다. 일본인 아끼꼬가 쓰던 거울을 친구의 이름과 같아 사 들고 다니나 마침내 실금이 가고 만다. "나나코, 하나코, 미에코, 레이코, 사사코……" 등으로 불리던 '나'는 끝내 초록의 슬픔에서 벗어나지 못한다. 이처럼 이 소설은 1946년 벚꽃이 활짝 핀 봄날에 "열다섯 살에 고향집을 떠나 일본 군인들을 따라 떠돌아" 다니다 귀환하여 22살이 된 여성이 여전히 희망 없는 세상의 삶을 보여주는 이야기이다.

김숨은 생존하는 위안부 할머니를 상대로 구술 작업을 수행한 경험을 바탕으로 『한 명』이라는 장편을 썼다. 역시 현실에서 유령처럼 살다 다른 한 명의 위안부를 찾아서 만나는 이야기이다. 마침내 어린 시절의 이름을 되찾고 위안소에서 희생된 이들을 회생하고자 한다. 그러니까 「초록은 슬프다」는 『한 명』의 연장선에서 제 몫을 잃고 떠도는 위안부들을 살려내려는 작가의 의지를 표출한다. 이러한 과정에서 작가가 주목하는 장소가 식민도시 부산이다. 이 소설을 쓰면서 작가는 벌써 '부경역사연구소' 김한근 소장의 도움을 구하면서 녹정, 전찻길, 부산역사, 사십계단, 용두산 신사, 영도다리, 장수통, 가마보꼬 공장, 낙원, 지장보살 불상 등의 장소와 사물을 소환한다. 염상섭에 이어서 김열규도 부산을 '식민지의 식민지'라고 한 바 있듯이 김숨은 부산이라는 신체에 각인된 식민성을 장소와 사람들의 삶을 통하여 돌올하게 드러낸다.

「초록은 슬프다」에서 시작한 부산 쓰기는 장편 『잃어버린 사람』으로 발전한다. 서사의 기본 뼈대를 계승하면서 1946년 봄을 지나 "1947년 9월 16일" 하루를 전체 25부 123장의 규모로 서술한다. 1부 부두에서 출발한 서술은 25부 빛에 이르기까지 동쪽 송정에서 서쪽 낙동강에 이르는 장소와 공간을 종횡으로 교차한다. 이런 가운데 들고나는 사람들의 내력을 세세하게 놓치지 않고 인물들의 삶에 숨결을 부여한다. 한편으로 스베틀라나 알렉시예비치가 말한 목소리 소설에 가깝지만 단지 기록이 아니라 작가가 불러 세운 인물에 생명을 불어넣은 사람들이라는 점에서 이들의 목소리는 확연히 다르다. 또한 바흐친이 말하는 다성성으로도 전적으로 수렴될 수 없다. 앞서 『떠도는 땅』에서 시도한 방법을 극대화한 측면이 크다. 이 소설에서 실제 인물이 아니라 작가가 창조한 가상의 인물이면서 생생하게 살아난다. 마찬가지로 『잃어버린 사람』에서도 작가는 인물을 만들어 내세우면서 그 모두에게 생명을 불어넣는다. 이를 두고 활인

(活人)의 서사라고 불러도 좋겠다. 시점 또한 마찬가지로 작가는 영혼의 눈으로 세상을 바라보고 삶에 스며든다. 구체적인 장소를 그려내고 그곳에서 사는 사람들을 살려내어 한 시대 하루 동안의 거대한 동영상을 창출한다. 이를 위하여 소설의 처음은 단지 조감을 위한 의도가 아니라 다정한 영혼의 시점을 획득하기 위하여 "검은 새"를 등장시킨다.

> 검은 새 하나가 쇠사슬에 매달린 저울추처럼, 땅이라는 접시 위에 오롯이 놓인 세상과 무게를 겨누며 높아지고 낮아지기를 반복한다. 땅 위 세상에 쌀이 더해지고, 소금이 더해지고, 바다에 그물을 내려 잡은 물고기가 더해지더니, 곡정 까치고개서 갓 태어난 아기까지 더해져 세상 쪽으로 무게중심이 기운다. 허방을 짚듯 기우뚱하던 추는 평형을 찾으려 눈금을 한 칸 한 칸 짚어가며 세상 바깥쪽으로 유유히 미끄러진다.

이처럼 1부 첫머리에 등장한 "검은 새"는 7부 모두에서 "소 화장터 굴뚝 근방에서" "해운대 가을포 갯가까지 단숨에 날아간다." 8부에서 역시 그 첫 장에서 "검은 새는 해운대역 팔각지붕을 향해" 날아가다 "거제리 철도 관사"를 지나 "들판"을 가로질러 "방직공장"과 "고무공장"을 건너 다시 "부두"에 이른다. 이처럼 "검은 새"는 공간을 이동할 뿐만 아니라 영혼의 시점이 지녔다고 할 수 있는데 이는 9부 37장에서 "언청이 여자"의 기억 속의 "검은 새"와 병치하는 방식으로 나타난다. 공간과 인물의 위치성을 모두 담보하는 "검은 새"는 작가의 마음, 더 나아가 천지의 영혼이 투사된 시점이다. 소설의 끝부분인 24부 110장에서 "검은 새는 날개를 수평으로 펴고 눈먼 망지기의 머리 위에서 혼처럼 떠돈다. 망루에는 태곳적 바람이 솟구치고 있다." 여기서 "검은 새"는 "눈먼 망지기"와 분리되지 않으며 소설의 처음인 1부에서처럼 "초량쪽으로 방향을" 틀어서 "세상과 무게를 겨누며 높아지고 낮아지기를 반복한다." 마침내 "추는 여전히 세상 쪽으로 기울어져" "오늘 아침 까치고개서 태어난 아기가 젖을 입에 물고 세차게 빨기 시작"하는 국면으로 귀결한다. 이처럼 "검은 새"는 시공간과 인간의 한계를 넘어서 존재하면서 파국이 아니라 희망을 예감하는 길조의 시점으로 남는다.

작가는 이 소설에서 "검은 새"의 눈으로 전체 서사를 통어하면서 부산의 많은 장소를 드나든다. 부두 창고와 잔교 그리고 잔교역을 낀 부두를 중심으로 그 가장자리를 두루 교차한다. 곡정 까치고개, 자갈치 둑, 초량, 초량 물웅덩이, 고관, 매축지, 분개 염전, 도떼기시장, 남선 창고, 4부두 막사, 대청정, 좌천동굴, 적기 소막사, 우암 등(1부). 모지포, 욕지도, 양산, 물금나루터, 다대포 낫개마을, 통도사, 김해 율리, 남빈 어시장, 천마산, 소화정 광장(2부). 범내골, 부산잔교역, 부산진역, 증산, 영도, 거북섬, 수정골, 자진내, 감동포 나루, 남빈 어시장, 부산장, 논치, 논치 어시장, 소막골, 부산 세관, 구포장, 미도리마치, 남빈 해물 저장창고, 화장막, 좌천(3부). 부두, 소화정 광장, 범내(4부). 해운대, 조선방직, 동천, 사거리 시장 가마보코 공장, 삼화호모, 영도 석탄고마을, 수정산 기슭의 오바골, 남부민 제빙공장(5부). 대풍포 도선장, 복징어고개, 송도, 영도 조락마을, 영도다리, 남빈 어시장, 봉래시장, 나무전 거리, 마키노시마 유곽 거리(6부). 해운대 가을포, 전차종점, 남빈 건어물 거리, 영선고갯길, 곡정(7부). 해운대역 팔각지붕, 거제리 철도관사, 자갈치 둑, 영도다리, 부두(8부). 부산진역, 우암 소 막사, 부두, 부산형무소, 초량시장, 시나마치 거리, 해운루, 동래 온천, 고관, 태종대, 남빈 어시장(9부). 고관거리, 대화옥과자점, 상생관, 사해루, 고도정, 부민포, 새띠고개, 아리랑고개, 부산진역, 조방, 55보급창, 부산잔교역, 부산진역(10부). 시나마치 거리, 춘화원, 영도, 초량, 남선창고(회흥사, 명태고방), 범일동 제제소, 감고개, 감골, 조방(11부). 동방미곡상회, 태평정미소, 초량, 삼미생과자점, 부두, 부산형무소, 범내골, 곡정 가치고개(12부). 장수통, 구덕령, 미도리마치, 아미산 화장터, 초량양조장, 도떼기시장, 길전박문당, 소기세탁소, 40계단, 장수목욕탕, 사해루(13부). 새띠고개, 모지포, 거북섬(14부). 낫개마을, 대가리섬, 소화정 광장, 천마산, 부산우편국 건물, 부립병원, 미나카이

백화점, 좌천, 청사포, 넓둑돌, 고두백이, 소화관, 부산역 앞마당, 용두산(15부). 함지골, 세계잡화점, 부산산부인과, 유행양화점, 광복이발관, 사해루(16부). 우암 소 막사, 영도, 양산 명매기마을(17부). 영도, 태종대(18부). 보수정, 조선방직, 송도 아랫길, 새띠고개, 남부민, (19부). 까치고개(20부). 부두 잔교, 부두 소금창고(21부). 도떼기시장, 부산진역, 장수통, 미도리마치(22부). 우편국, 소 막사, 춘화원, 영도상회, 동방미곡상회, 사해루(23부). 새띠고개, 모지포, 까치고개, 영도다리, 원산여인숙, 소화정 광장, 미도리마치(24부). 춘화원, 대풍포 도선장, 미도리마치(녹정), 수정산 오바골, 일광광산, 적기 뱃머리 소 막사, 시라이시 제염소, 석견정, 미키노시마 유곽(25부). 간혹 빠트린 지명도 있을 터인데 이처럼 장황하게 나열한 까닭은 1947년 9월이라는 당대의 현실에 구체적으로 육박하려는 작가의 공력을 오롯하게 드러내고 싶었기 때문이다. 미주와 감사의 글을 통하여 밝혀놓고 있듯이 작가는 "해방 전후 부산의 풍경과 생활상이 담긴 사진과 자료들"을 충실하게 참고하였다. 달리 말하자면 부산학의 성과를 창작의 동력으로 삼은 셈이다. 아마 사진 자료를 앞에 두고 그 속에 담긴 사물은 물론 사람을 살려내려고 생명을 불어넣지 않았나 한다. 지명을 있는 그대로 복원하였듯이 그 장소에서 생활하고 부대낀 사람들을 생동하는 인물로 고스란히 그려내고자 하였다. 오랫동안 장소에 뿌리를 내리고 사는 사람은 그리 많지 않고 대개 해방과 더불어 동아시아 각처에서 귀환한 이들의 부유하는 삶의 현실이 지배적이다. 어떤 이는 소설 전편에 걸쳐 두루 등장하고 어떤 이는 간헐적으로 출현하며 또 어떤 이들은 하나의 삽화로 등장하기도 한다. 그래서 전체 25부 123장의 형식과 등장하는 인물의 서사는 서로 경중을 지니면서 나뉘고 또 연결된다.

작가는 가능한 모든 사람에게 그의 고유한 이름과 개성과 삶의 내력을 부여하고자 한다. 따라서 주인공 중심의 구성을 지니지 않는다. 다만 배음처럼 '애신'의 행로가 처음에서 끝까지 지속한다. 바로 『한 명』 그리고 「초록은 슬프다」에 등장하는 위안부 여성의 변주이다. 「초록은 슬프다」에서 친구를 찾아가던 '나'는 『잃어버린 사람』에서 '애신'이라는 이름으로 갖고서 행보를 이어간다. 1부의 1장은 주요 인물을 등장시켜 소설의 전반 구도를 제시한다. 모두의 "곡정 까치고개서 갓 태어난 아기"는 소설의 결말에서 "엄마 젖을 입에 물고 세차게 빨기 시작한다."(24부 110장) 남빈 어시장의 아낙들과 부두 잔교역 앞에 모인 날품팔이 사내들은 뒤에 가서 각기 그 이름을 얻고 삶의 내력이 서술된다. 특히 사내들은 8부와 21부에서 그 구체적인 면모를 잘 드러낸다. 1부 1장에 이름을 갖고 출현한 '석분'은 리어카에 양은솥을 싣고 다니면서 부두 노동자에게 국수를 만들어 파는데 그 모습은 4부에 잘 나타나 있다. 5부 26장에서는 '애신'과 마주치기도 하고 죽은 개를 삶아 먹으려는 사내들에게 양은솥을 빌려주기도 한다. 23부 102장에서 '석분'은 제면소 가는 길에 "그녀가 부두 허공에 걸었던 양은솥보다 한 뼘쯤 더" 큰 게 보여서 "무심히" 수레에 싣고 오기도 한다. 더 많은 막노동 사내들에게 국수를 먹일 요량일 뿐이다. 다음으로 "아침에 부두 잔교로 들어온 화물선에 석탄을" 나르는 '천복'이다. 그는 중국 우한에서 한커우로 갔다 배를 타고 하카타를 거쳐 천신만고 끝에 귀환한 사람이다. 4부 19장에서 만나듯이 '천복'은 '석분'이 국수를 만들어 파는 부두의 노동자들 속에 섞여 있다. 다시 '천복'이 나타나는 지점은 9부 38장의 철로 변이다. 여기서 그는 일본 여자 '가쓰코'를 마주치지만 잘 인식하지 못한다. 그만큼 그 자신이 피폐한 상태이다. 또한 그는 아기를 업고서 부산형무소를 찾아가는 '봉금'을 만나면서 그녀를 뒤를 쫓아 가지만 43장에서 알 수 있듯이 '봉금'을 분간하지 못할 정도로 온전한 지각의 소유자가 아니다. 그는 12부 54장에서처럼 거듭 "아, 누가 날 여기에 데려다놨을까"라는 탄식을 반복하며 거리를 배회하다 16부 81장에서 "오늘 아침에 부두에서 함께 석탄을 나른 동수를" 만나지만 그를 알아보지 못한다. 중국을 떠돌던 시절의 '천복'의 삶이 부연되는데 난징대학살을 거치고 한 중국 여자에게 생명을 구제받아 생존한 사실이 이야기된다. 83장에서 '천복'은 "만인을 품고 더할 수 없이 비참해진 몸을" 지닌 존재이다. 마침내 86장에서 그가 '길천복'이며 "남의 죽은 몸에 영혼을 담아 새로운 생명을 얻는다(借屍還魂)"라는 뜻을 품은 사람임을 알 수 있고 그의 일은 "누가 아저씨를 여기에 데려다놨는지 제가 알아요!"라고 말한 '경태'에게 20전을 주는 데서 끝난다. 종일 20전을 구걸한 그는 '천복'을 만남으로써 그것을 얻게 된다. 이 소설에서 '천복'은 부유하며 신산한 삶의 한 전형이다. '천복'을 따라가며 읽듯이 소설에 등장하는 낱낱의 인물을 찾아서 따라가면서 다시 읽으면 생생한 면모가 살아나는 서사적 묘미가 있다.

그런데 앞서 말했듯이 이 소설의 서사적 얼개에 바탕색으로 존재하는 인물이 '애신'이다. 그녀는 "조금 전 부산진역으로 들어온 열차에서" 내렸고 "세상과 무게를 겨누던 검은 새가 새털구름 속으로 삼켜질 때 그 광경을 바라보며 서 있던" 사람이다. 3부 14장에서 '애신'은 땅에 누워 있는 할아버지를 만난다. 소막골(수정2동 상부에서 수정3동에 이르는 비탈길에 있었던 마을)에 사는 그는 '애신'에게 자신의 삶을 이야기한다. 이 소설에 등장하는 이들은 삶의 경험을 이야기하면서 서로 공감한다. 초근목피로 연명하던 가난한 고향을 떠나 부산에 와서 채석장 노역, 철도 노동자, 북민 매축 공사 노동 등을 하며 토지대장에도 나오지 않는 땅에 집을 짓고 살았으나 일인에게 쫓겨나서 '소막골'로 들어갔다고 한다. "때가 되면 모두 없어질 거라오"라고 말하는 그를 통하여 작가는 어쩌면 빈자의 철학을 말하고자 한지도 모른다. '애신'은 죽은 개를 수레에 싣고 가는 "상투머리 늙은이"를 만난다. 이 죽은 개가 '석분'에게 양은솥을 빌리는 사내들과 이어짐은 쉽게 짐작할 수 있다. 이처럼 서로 무연한 듯 소설 속의 인물들은 서로 연관성을 지닌다. 이어지는 16장에서 여러 노인과 노파를 만나는데 노파는 "이름은 까먹어도 되지만 이름 쓰는 걸 까먹으면 큰일"이라고 갈고리로 땅을 긁고 있다. 이들에게 '애신'은 자신의 행로인 '미도리마치'로 가는 길을 묻는다. 노파는 앞선 할아버지처럼 자기의 삶을 이야기하고 일인들의 '화장막'이며 "작년 늦봄에 귀환 동포를 싣고 부산 부두에 들어온 배에서 괴질로 죽은 시체 두 구를 미군들이 영도 바다에 던져서 여름 내내 괴질이 극성을" 부린 이야기를 들려준다. 또한 "일인들이 쌍산을 헐어 바다를 메우는 공사"를 할 때의 이야기를 덧붙이며 '애신'에게 "너무 멀리 가지 말구려"라는 말을 남긴다. '애신'이 만나는 노인들은 한결같이 생의 지혜를 전하는 듯하다. 5부 22장에서 '애신'은 "맨발로 쇠 철로를 밟고 선" "빡빡머리에 발가벗은 사내아이"를 만난다. 이 아이의 이름은 '갑동'이며 그의 아버지는 "중등학교까지 나온 배운 사람인데 일본 세상일 때 아카이(빨갱이)로 몰려 감옥에 갔다 나온 뒤로 정신이 온전하지" 않은 상태이다. 애신은 "빠가"라고 외치는 '갑동'을 뒤로 하고 23장에서 "세 살쯤 돼 보이는 여자애를 끌어안고 철로 앞에 앉아"

있는 '상희'를 만난다. '상희' 또한 자신의 삶을 자세하게 들여준다. 굶기를 밥 먹듯하여 태어난 아기와 친정아버지 이야기며 다니던 조선방직 공장에서 있었던 일을 듣게 된다. 여기서 같이 일하던 동료의 집단적 삶이 모두 실명으로 자세하게 전해진다. 25장에서 "두부 장수 송씨"를 만나 두부 한 모를 산다. 이어진 26장에서 '애신'은 '석분'과 마주치고 불쌍한 그녀의 남편과 그녀의 삶에 관한 이야기를 듣는다. 남편을 따라 나고야에 갔다 전란을 피하여 홋카이도 시마노시타까지 가서 살다 천신만고 끝에 하코다테 항구에서 "야매 배"를 타고 귀환하였으나 남편은 송금한 돈이 모두 사라지고 없는 현실을 탓하여 거의 폐인이 되었고 '석분'이 부두에서 국수를 끓여 팔아 생존하고 있는 사실이다. 영도와 해운대 등을 배경으로 하는 6, 7, 8부를 지나 9부 39장에서 '애신'은 "벌거벗은 사내아이" '갑동'을 생각하며 남의 집 아이 옷을 만지다 만다. 옷 주인 여성에게 옷 도둑이 극성이라는 질타를 받는데 '애신'의 성정을 반영하는 대목이다. 40장에서 보듯이 '애신'이 '세신사' 여성으로부터 불쌍하고 넋이 나간 이들의 이야기를 듣게 된다. '애신'은 이처럼 41장, 42장, 11부 50장, 13부 61장, 62장, 64장, 65장, 15부 76장, 77장, 22부 98장, 100장, 24부 113장, 114장, 25부 119장에 등장하며 마침내 '녹정'에서 친구를 만나 거울을 내민다. "친구는 금이 간 걸 모르고 거울을 받아든다."

'애신', '석분', '천복'을 읽듯이 '동수', '언청이 여자', '쑥국', '붙들이', '말똥', '토끼', '간난', '필봉', '봉금', '가락', '소복', '쇠돌', '공점', '덕순', '울순', '개나리', '구북', '석구', '구봉', '갑수', '허우재', '박경태', '박찬만', '점삼', '태옥', '옥자', '희숙', '구철', '소식', '목순', '경자', '분년', '육득', '태동' 등의 이야기를 들어야 한다. 더불어 이름 없는 아낙과 남자들과 노인들도 마찬가지다. 일본과 중국, 북방과 남방에 이르는 징병과 징용의 내력뿐만 아니라 원하지 않는 이산으로 난민이 되어 떠돌다 접촉지대 부산으로 몰려든 뭍 사람들의 삶이 이처럼 구체적으로 두텁게 그려지기가 쉽지 않은 일이다. 더 세심한 텍스트 분석이 뒤따라야 할 일이지만 우선 김숨의 『잃어버린 사람』이 로컬과 트랜스 로컬의 문학사상을 '생산자로서의 작가'라는 입장에서 새롭게 창출하였다는 사실을 높이 평가하게 된다.

4. 방법적 서사로서의 트랜스 로컬

모옌은 고향 가오미(高密) 둥베이향(東北鄕)이 자신의 문학적 원천임을 거듭하여 강조한다. 로컬의 경험이 문학 생산의 토대이자 가능성이라는 그의 생각은 그가 전범으로 생각하는 윌리엄 포크너를 통하여 보편성을 얻기도 한다. 덧붙여 그는 다음과 같이 주장한다.

세계문학사를 보면, 대개 독특한 격조를 지닌 작가마다 모두 자기 문학의 공화국을 갖고 있다. 포크너에게 그의 요크나파토파 카운티가 있고, 마르케스에게 그의 마콘도 마을이 있고, 루쉰에게 그의 루전(魯鎮)이 있고, 선충원에게 그의 변방의 도시가 있다. 이러한 문학의 공화국은 하나같이 모두 다 그곳 군주의 진정한 고향이란 기초 위에서 세워진 것이다. 또한 수많은 작가에게 있어서 그들의 작품을 어느 특정한 문학적 지리적 명칭 안에 한정할 수 없을지라도. 그 이면의 많은 묘사는 여전히 그들의 고향과 고향에서의 삶을 원본으로 삼은 것이다. 로렌스의 거의 모든 소설 속에는 노팅엄셔 탄광지대인 이스트우드의 탄가루와 습기로 가득 채워져 있다. 숄로호프의 『고요한 돈강』 속의 돈강이 바로 카자크 초원을 키웠고 그의 돈강을 키웠다. 그래서 그는 "오, 우리 아버지 고요한 돈강!"처럼 슬프고 아린 노래를 부를 수 있었다.[9]

한편으로 그는 고향을 이야기하는 일이 고향의 찬가에 그치지 않아야 함을 지적하는 일을 놓치지 않는다. 독특함 속에 포함된 보편성을 찾는 일이 긴요하다고 주장한다. "특

---

9 모옌, 박재우 · 배도임 옮김, 『고향은 어떻게 소설이 되는가』, 아시아, 2022, 24-25쪽.

수한 보편성이야말로 문학이 지역성을 벗어나 세계로 나아갈 통행증"[10]이라고 말한다. 로컬을 말하되 로컬주의에 빠지지 않고 로컬을 통하여 새로운 사상을 생성해야 함을 강조한다. 결국 비판적 로컬주의나 트랜스 로컬을 통하여 로컬의 곤경을 변증법적으로 해결하는 방안이 아닌가 한다. 박솔뫼와 김숨은 트랜스 로컬을 통하여 비판적 로컬주의에 비등하는 성취에 이를 수 있음을 보여주고 있다. 이들의 접근 방법이나 생산한 형식이 접촉지대 부산을 말하는 문학과 문학사상을 더욱 풍요롭게 하리라 예감한다.

---

10 같은 책, 49쪽.

구모룡

문학평론가. 한국해양대 동아시아학과 교수. 『제유의 시학』, 『근대문학 속의 동아시아』, 『폐허의 푸른빛』 등의 저서가 있음. kmr@kmou.ac.kr

해안선의 사상
—트랜스로컬 공간의 창안을 위하여

김만석

1. 오키나와와 더불어

1980년대 '류큐/오키나와 반복귀론'(아라카와 아키라, 오카모토 게이토쿠, 가와미츠 신이치)의 핵심 사상가로 알려진 가와미츠 신이치는 〈신오키나와문학〉(1981년 6월, 48호)에 「류큐공화사회헌법 C사(시)안」을 발표한다. 19세기 말 일본의 류큐처분 이후로 1945년 4월부터 시작된 이른바 오키나와전쟁을 통해 1972년까지 미군의 실효적 지배/식민 상태로 지속되어 왔던 류큐/오키나와의 일본으로의 복귀가 '평화'에 귀착하는 게 아니라, 전쟁기지로 이행될 뿐이라는 관점에서 이에 대한 비판이 '반복귀론'으로 나타났고 가와미츠 신이치가 그 대표적인 예술가(시인), 사상가 가운데 한 사람이었다. 가와미츠 신이치는 잡지에 발표한 일종의 평화헌법 구상을 통해, 동북아와 동남아를 아우르는 네트워크를 구상하면서 국민국가가 조장하는 폭력의 세계적 질서를 뛰어넘는 평화의 연대를 구상했다.

가와미츠 신이치의 이 글에 촉발된 쑨거의 「'이념'으로서 평화, '사상'으로서 평화」는 절대적인 평화와 상대적인 평화를 구분하는 가운데, 사상으로서 평화를 일종의 대안적 평화로 구상하는 논의를 제시하기도 했다.[1] 이는 가와미츠 신이치의 저 글이 국민국가라는 협소하고 폐쇄적인 구조로부터 벗어나는 평화공동체의 구상이기도 하지만, 최근에 일어나는 다양한 문제 영역들 가령, 난민, 전쟁, 인종, 종족에 이르기까지 발생하는 다양한 갈등적 문제들을 돌파하기 위한 사유의 방식으로 마련된 것이었다. 쑨거가 가와미츠로부터 '사유'의 문제를 중핵으로 두었다면, 이에 도달하기 위한

---

1 쑨거, 「'이념'으로서의 평화와 '사상'으로서의 평화」, 〈황해문화〉 여름호, 2014. 이와 함께 가와미츠의 헌법을 정교하게 분석한 쑨거의 「리얼리즘의 유토피아 : 가와미츠 신이치의 「류큐공화사회 헌법C사(시)안」 읽기」(〈통일과 평화〉, 평화통일연구, 2014)는 가와미츠의 사상을 "이것은 결코 절대적 평화주의의 박애 이념이 아니다. 그것은 오키나와 민중이 수백 년간 쌓아온 투쟁의 지혜이다."로 보고 "가와미츠의 「헌법」은 우리에게 말한다. 자립에 관한 또 다른 종류의 사고방식으로 인류를 대하고 전쟁과 폭력을 처리하는 것은 비록 겉보기에는 약해 보이지만 영원히 변하지 않는다고 말이다. 바로 이 같은 진정한 자립정신이 인류 정신의 자질을 만들고, 사상을 성장하고 성숙하게 한다."고 평가한다.(133쪽)

회로로 가와미츠가 예술에 두고 있었다는 것을 주지할 필요가 있다. 즉 무엇보다 이런 문제들을 어루만지고 돌보는 것으로서 '예술'의 중요성을 제기하고 있다는 것 역시 무척 중요한 시사점을 우리에게 제공해준다고 할 수 있다.

가와미츠 신이치의 '이바의 사상'[2]은 어휘 그대로 번역

---

2 "**이바(異場)의 사상**이란, 요약하자면 **일상에서 비일상의 세계로 디딤발을 옮기는 사상**입니다.…('헌법사안'처럼) 정치상황 및 생활의 현실에서 동떨어진 듯한, 이런 꿈같은 이야기는 장난기 없이는 할 수 있을 리가 없습니다. 하지만 매일매일의 생활 주변을 잘 관찰해봅시다. 성실하게 일하여 버는 것, 그것이 대부분 사람들의 일상이라고 이해하고 있습니다만, 오로지 일만 할 뿐 쓸데없는 짓은 생각도 않는다는 사람은 사실 거의 없을 겁니다. 여가 시간, 잡스러운 생각하기, 꿈꾸기도 일상이며, 동시에 비일상입니다. (…) 일상이 아닌 비일상의 환상 혹은 사상 쪽이, 일상적인 사고방식보다도 더 강하게 우리를 추동하는 힘을 지니고 있음이 드러납니다. 문학이나 그림, 음악을 비롯하여, 경마장의 열기, 축구장, 야구장, 아니 모든 스포츠에서 보이는 환희, 파칭코 및 도박장에서의 몰입, 작게는 개인의 삶의 방식으로부터 크게는 세계에 이르기까지, 놀이, 유희가 아닌 현실은 거의 없습니다. 그리고 그중에서도 최상급의 것이 승리한다고 믿고 환호성을 질러대며 달려가는 '전쟁'입니다.…**전쟁이라는 폭력환상도 '이바의 사상'**이며, 군사훈련이라는 가상전쟁놀이에서 시작하여 대참사로 발전합니다. 그 다음은 파멸입니다. '이바의 사상'이란 정신의 '쓸데없는 소비'라는 놀이이지만, 이 쓸데없는 놀이는 무의미한 것이 아니라 개인의 존재를 방향지우고, 나아가 집단을 구성하는 힘을 현실화하기 때문에 한낱 놀이로만 취급할 수 없습니다. **한편에서는 힘과 정복을 꿈꾸는 환상, 다른 한편에서는 조화와 평온을 꿈꾸는 환상, 이 쌍방에서 '이바의 사상'이 전개**되고, **그 어느 쪽이 현실화되느냐에 따라 세계는 방향**지어져 왔습니다. 즉 이 세상의 전투 환상에 맞서서, '헌법사안'의 시도가 이루어졌고 또 다양한 평화운동이 전개되고 있는 것입니다." 가와미츠 신이치, 「이바의 사상과 동아시아 월경헌

하면, 다른 장소에서의 사유라고 고쳐 쓸 수 있다. 그가 '다른 장소'라고 부른 것은 국민국가 내부로 완전히 포섭되지 않는 어떤 '장소'가 평화의 중요한 무대로 보기 때문이다.[3] 오키나와는 일본의 행정자치단체로 들어와 있지만, 일본에 없는 장소이고 따라서 오키나와가 실질적으로 일본에 완전히 편입되거나 그렇지 않거나 간에, 불가능한 삶에 대한 잠재성(류큐공화사회, 곧 국가가 아니라 사회)이 실현될 수 있는 장소가 된다는 것이다. 이런 사정은 오키나와만이 갖는 특수한 성격이 아니라, 제주나 광주, 부산, 마산에서도 그리고 또한 대만, 홍콩에서부터 필리핀, 태국, 베트남, 말레이시아, 인도네시아에서 광범위하게 펼쳐져 있는 것이기도 하다. 혹은 모든 아시아태평양의 해안선을 따라 이루어지는 것이라고 고쳐 쓸 수도 있다. 자본과 국가가 로컬의 경계를 손쉽게

법」, 2011년 4월 1일 강연용(이지원, 「옮긴이 서문」에서 재인용, 『오키나와에서 말한다』, 이담북스, 2014.)

3 이 장소는 지금 여기의 장소를 이탈한 것을 의미하는 것이다. 물론 그의 논의는 이탈에만 초점을 맞추는 것은 아니다. 오히려 지금 여기의 장소가 다양한 폭력과 자본에 의해 수탈되고 있다면, 또 자본과 폭력이야말로 장소를 다르게 전환하는 것이라고 할 수 있다면, 그리하여 기왕의 경계와 문턱을 모조리 삭제하고 지우고 있다면, 자본과 폭력과 달리 다른 장소로 전환하는 것에 더 가깝다. 이를 위해선 장소의 내력에 대한 부대낌을 경유하지 않고서는 자본과 폭력에 맞설 수 없다. 그리하여 이 부대낌을 경유해 가와미츠는 '평화'를 구체적인 정치로 되살리고자 한다.

뛰어넘어 수탈과 폭력을 손쉽게 실현하는 것과 다른 흐름을 형성하고 구성하는 장소의 창안이 절실한 것이다.

이 때문에 '이바의 사상'은 실은 태평양의 해류와 조류에 따라 흐르고 고이고 확장되고 겹쳐지는 우주적인 성격을 지닌다. 마치 『히드라』에서 대서양의 조류를 타고 해안선을 이동한 노예노동자들이 이동하는 곳마다 지혜를 전하고 연대하고 평등을 나누듯이,[4] 이바의 사상은 '히드라'처럼 집단지성과 연대를 도모하는 것이라고 할 수 있다. 이는 대지가 목책으로 온통 분할되는 것과 달리, 이동과 스밈을 기본으로 하는 해안선이 중핵이 될 수밖에 없다. 역사적 변동기에 '바다'의 비유가 자주 등장하는 것도 우연이 아니다. 달리 말해, 해안선의 사상은 국민국가와 자본의 폭력으로부터 내쫓긴

---

4 피터 라인보우 · 마커스 레디커, 정남영 외 옮김, 『히드라』, 갈무리, 2008. 한편 마커스 래디커는 대항해 시대가 일종의 선원들에 의해 전세계적 소통이 시도되었다고 보면서, 인종과 계급이 혼종적으로 결속된 '잡색부대'나 '해적'이 일으키는 '반란'과 언어가 혁명의 소스를 제공한 것이었다고 제시한다. 이는 자본과 폭력이 대양의 해류를 따라 경계를 손쉽게 넘어가면서 식민주의를 현실화시킬 때, 허풍선이와 같은 이야기에서부터 예술적 형식이 반란을 위한 '잡색부대'의 결속을 촉발하는 것이라는 사실을 드러낸다. 그러므로 지금 여기의 장소를 폭력적으로 점유하는 자본과 국가의 권력에 맞서는 주요한 원천이 예술적 양식들이 서식할 수 있는 근거(말, 언어, 시각과 같은 다종다양한 미디어들)로부터 비롯된다고 할 수 있다. 이 근거는 아무리 수탈한다고 해도, 소진되지 않는 반란의 힘을 보존한다. 마커스 래디커, 박지순 옮김, 『대서양의 무법자』, 갈무리, 2021 참조.

자들의 지혜와 삶 그리고 예술(환상)을 통해 세계를 '구상'하려는 사유라고 할 수 있다.

신자유주의적 기획이 끊임없는 '창조성'을 필요로 하고 있다면, 이 창조성을 갈취하고 착취하는 자본의 기획은 인간을 파멸로 이끌 것이 자명하다고 할 수 있다. 하지만 창조성을 통해 사람들과 더불어 살아가면서도 도저히 어떻게 할 수 없는 세계에서의 생존을 모색하는 것을 포기하지 않는 예술은 평화와 공존과 공생의 가치를 제기한다. 예술이 드러내는 지혜는 비록 물질적 텍스트를 소유하고 독점할 수 있다고 해도, 그것이 일구어 놓은 상실되지 않는 가치들은 공유되고 전수되기 마련이다. 그러니까, 문학이 그리는 해안선과 대안적 장소의 상상력은 무엇보다 실제적인 공동체만큼이나 중요한다. 왜냐하면 전쟁무기가 아직 실현되지 않았음에도 '실질적인 폭력'(환상)으로 작동하듯이, 문학이 창안한 트랜스로컬(환상)도 마찬가지로 실질적일 수 있기 때문이다. 그러므로 일제 말기와 해방에 이르는 시기를 다루는 문학이 장소를 어떻게 전환하는지를 살펴야 한다.

2. 해안선의 압축 : 식민주의와 냉전체제

2016년 6월 '세월호'에 실린 철근이 제주도 강정마을의 미군

기지 건설 자재로 사용되기 위한 것[5]일 수 있다는 미디어의 지적이 설령 사실 아니라고 해도, 한반도의 미군기지화 문제는 오키나와와 마찬가지로 피할 수 없다. 오산공군기지에서 어떤 제재도 없이 이미 자행되었고 심지어 부산의 미군전용 항만(제8부두)에서 생화학전 대비 프로그램인 '주피터 프로젝트'(JUPITR, 이후 센토체계로 명칭 변경)[6]로 시작된 탄저균을 비롯한 생화학실험이 이루어질 수 있다는 보도는 국민국가가 미국과 미군의 실험에 동의하지 않았다면 가능한 일이 아니었다고 할 수 있다. '국가'가 자행한 갖은 역사적 폭력의 사례들, 곧 여수와 순천, 보도연맹, 광주, 부산과 마산, 서울, 갖은 노동자들의 사업장들을 일일이 열거하지 않더라도, 충분히 짐작할 수 있을뿐더러, 이에 맞서온 사람들과 그로부터도 파멸하지 않은 말과 문학, 예술들이 있음을 잘 알고 있다.[7]

---

5 「세월호에 제주해군기지 가는 철근 400톤 실렸다」, 〈미디어오늘〉 2016. 6. 16. https://www.mediatoday.co.kr/news/articleView.html?idxno=130531

6 「'센토', '주피터'보다 발전된 생화학 방어 프로그램일까」, 〈부산일보〉 2019. 10. 28. https://mobile.busan.com/view/busan/view.php?code=2019102819311025084. 주피터는 프로젝트 명이고 센토는 생화학 프로그램의 기술적 실현을 위한 체계로 알려져 있다.

7 미국의 한반도 내 생화학 프로그램에 대해 저항해온 특별히 기억해야 할 공동체가 있다. 〈대연 · 우암공동체〉이다. 이 공동체는 지난 도시빈민 투쟁의 역사에 연결되어 있으면서도 한계를 극복하기 위한 다양한 활동들을 하고 있다. 이 마을과 공동체의 가장 핵심적인 원리는 "주거"와

가령, 김정한은 「수라도」(1969)[8]에서 일제 말기의 상황을 '지옥'으로 그리는 한편, 이 지옥을 건너가는 (문학적) 장소를 창안한다. 물론 이 장소는 단순히 문학적인 장소가 아니라, 실제 존재하는 마을을 무대로 해 고안됨으로써, 문학적 장소가 현실과 교차하는 효과를 산출한다.[9] 이 효과는 소설에서 나타나는 "미륵당"과 관련이 있다. 소설의 주인공인 가야부인이 엄격한 유교 가부장 아래에서 허락될 수 없는 '불심'을 절을 건립함으로써 실현시키고 지역의 '대안적 공

"자치"에 있다. 이 두 가지 중핵은 마을의 활동 방향을 제시하는데, 실제적인 마을 청소와 가꾸기에서부터 주택협동조합 구성에 이르기까지 다양한 방식으로 나타났다. 또 8부두 배후에 자리 잡은 감만동, 우암동, 대연동이 미군세균실험의 직접적인 위협이 되면서, 대연 · 우암공동체는 〈미군 세균실험 철폐 운동〉을 벌이기도 했다. 최근 부산외대의 남산동 이전으로 인해 재개발 계획이 잡혔으나 이 마을과 공동체에 대한 이주 대책이나 주거대책이 기본 계획에 빠져 있게 됨으로써, 주거와 자치를 위한 역사가 어떻게 될지 알 수 없는 상황이다. 우암대연공동체에 대해서는 페이스북(https://www.facebook.com/dwc1990/?locale=ko_KR)과 『대연 · 우암공동체의 꿈』(대연 · 우암 사회적주택협동조합 준비위원회, 좋은땅, 2014)을 참조하라.

8 김정한, 「수라도」, 『김정한전집』3, 작가마당, 2008.

9 오늘날 물금에 자리잡은 화재마을이 소설의 무대가 되었다고 알려져 있다. 김정한 문학답사에는 화제마을이 선택되기도 한다. 한편, 문학답사는 문학적 경험과 현실적 경험을 절합하는 방식이다. 이런 경향은 오래전부터 이루어진 것으로, 단순히 '문학 텍스트'에 담긴 '작가'의 '의도'를 실감하기 위해서 마련된 것이 아니다. 오히려 문학답사는 문학적 장소가 갖는 '특이성'을 현실적으로 경험하도록 해, 현실이 갖는 갖은 문제들을 비판적으로 감각하도록 만들어주는 실천에 가깝다고 할 수 있다.

간'으로 변모하는 방식들을 보여준다. 요컨대 미륵당은 가야부인이 전통적인 (유교적) 가부장질서로부터 '자기'를 지키는 방식이면서 동시에 식민주의로부터 공동체를 유지하는 전략으로 활용되는 대안적 공간으로 제시된다. 가야부인의 '불심'은 불교적이기보다 '공동체'적이다.

> 이건 〈보르네오〉댁이란 부인의 말이다. 그녀의 남편은 〈보르네오〉란 섬에 징용을 나가 있었다. 남자들이 징용 간 곳을 따라 〈보르네오〉댁이나 〈뉴기니〉댁이니 하는 새로운 택호들이 유행되고 있었던 것이다.[10]

낙동강변에 자리 잡은 이 마을에도 '학병'에서부터 이른바 '남양'이라는 해안선이 유입되고 있음을 볼 수 있다. 미륵당은 낙동강변의 작은 마을이 아니라 식민주의 폭력의 심상지리가 펼쳐지는 장소이면서 동시에 혈육적 상실을 공동체적으로 위무하는 장소가 되는 것이다. 이는 미륵당이 폭력(환상)에 맞서는 환상이 서식하는 장소라는 것을 의미한다. 달리 말해, 낙동강변의 작은 마을에 아시아태평양의 섬이 겹쳐지고 있으며 이 (식민주의적) 폭력의 스케일(scale)은 미륵당이라는 장소를 통해서 마음의 정동지리로 재편성된다고

10 김정한, 「수라도」, 『김정한전집』3, 작가마당, 2008, 206쪽.

할 수 있다. 그러므로 미륵당은 현실에 부재하는 장소이지만 현실에서 부단히 구축해야 할 장소가 된다. 실제로 미륵당의 모티브가 된 사찰이 있으나 그곳만이 대안적 장소가 되는 것은 아니다. 어디에서든 폭력과 수탈의 스케일이 응축된 곳을 해체하고 다른 장소로 전환할 수 있다는 것이다.

한편, 김정한은 「오키나와에서 온 편지」(1977)에서 계절노동자로 오키나와로 떠난 한 여성이 사탕수수 농장에서 겪은 이야기를 전한바 있다.[11] 1970년대 중반, 강원도 황지(낙동강의 발원지이기도 하다)에서 시작해, 부산으로, 오키나와 본섬으로부터 400km 떨어진 미나미다이토지마로 이어진 여성 계절노동자가 일본군위안부 여성을 만나게 되면서, 일종의 공통감각을 나누는 경험을 편지체로 그리고 있다. 강원도 탄광에서 갱도가 무너지면서 아버지를 잃어버린 여성의 고통스러운 경험이 당대의 분위기를 전하고 있으며 그와 동시에 계절노동자를 수출하면서 그들을 착취한 협회(기업)의 문제 역시 고스란히 다루고 있다. 「오키나와에서 온 편지」는 국가와 기업이 국민들의 삶의 지속과 안전을 조성하지 않을 때, 공통경험을 통해 현재의 폭력을 뛰어넘어야 할 방법을 궁구하는 것이 무엇보다 중요하다는 요청을 함축하고 있다. 이것은 다만 동시대적인 것이 아니라, 지워지고 은

---

11 김정한, 「오끼나와에서 온 편지」, 『김정한전집』4, 작가마당, 2008.

폐된 식민주의와 냉전체제라는 역사적 경험과 겹쳐져 있음을 주지해야 한다.

김정한의 또 다른 단편「액년」(1956)은 제주에서 영도 청학동으로 이주한 해녀인 "차돌 할머니"가 환갑을 맞아 작은 생일잔치를 하고 있을 때, 선거철을 맞아 정치인이 두고 간 술을 얻어 먹고 앓다 급기야 죽고 마는 이야기이다.[12] 이 소설에서 차돌 할머니는 남편을 조기잡이로 잃어버리고 아들 둘을 제주 4. 3으로 인해 잃은 것으로 서술된다. 이 서술은 불투명하지만, 그래서 할머니의 '죽음'이 다소 과장되어 소설적 완결성이 갖추어지지 않았다고 여겨지게 만들지만, 소설이 집필되고 발표되는 당대의 상황을 겹쳐 읽으면 다른 각도로 열리는 소설이다. 소설이 발표된 1956년은 한라산 금족령이 해제된 1954년 9월 21일로부터 2년이 지난 시점이고 제주 4. 3의 '여파'가 여전히 불식되지 않고 있는 시점이었다. 다시 말해, 소설적 구성의 불충분함은 당대의 역사적 상황에 의해 초래된 것이며 할머니의 죽음의 의미를 당대의 사회와 결부시켜 읽어야 한다는 것을 지시한다.

즉, 차돌 할머니가 살아남은 손자를 데리고 부산 영도로 이주한 시점은 4.3으로 두 아들이 죽은 후였을 것이고[13]

---

12 김정한,「액년」,『김정한 전집』2, 작가마당, 2008.

13 소설에서 차돌 할머니는 남편의 죽음과 아들 둘의 죽음에 대해 몇 번이나 따라 죽으려 했다고 말하며 죽지 않은 것은 손자 때문이었다고 이야

소설의 현재시점은 이승만이 실제로 대통령에 당선(1956. 5. 15)된 뒤 치러진 지방선거를 목전에 둔 시기이다.[14] 소설에서 환갑잔치에 불쑥 등장해 시의원으로 출마한 "신사"가 주고간 술을 먹은 뒤로 차돌 할머니는 시름시름 앓기 시작한다. 이 앓음의 원인은 소설 내부에서 단 하나로 제시된다. 환갑잔치를 해녀들과 함께하면서 시의원 후보자가 놓고 간 술을 먹은 것 외엔 다른 원인은 나타나지 않는다. 그러니까, 차돌 할머니의 죽음은 '술' 자체 때문이 아니라, 제주에서 발생한 국가폭력을 미국과 함께 공모해 지시한 이승만과 그 지지자들로부터 술을 얻어 먹었기 때문이다. 김정한은 지방선거를 해녀의 무대와 겹침으로써 제주 4. 3이 종결된 역사가 아님을 드러낸다. 그러므로 소설 제목인 '액운'은 운이 나쁘다는 것이 아니라, 애도 불가능한 역사의 반복을 지시하는 것이다.

기한다. 이는 차돌 할머니가 손자 차돌을 데리고 영도로 이주한 시기가 '4. 3'(1947. 3. 1~1954. 9. 21)으로 부르는 시간 가운데, 제주 해안선이 차단되기 바로 전이었을 것으로 짐작게 한다. 물론 4. 3의 시간은 끝이 주어진 것이 아니다.

14 「액년」은 1956년 8월 〈신생공론〉에 발표된 소설로 지방선거(1956. 8. 8)의 분위기 아래에서 쓰인 것으로 추측된다.

3. 제주의 해안선 : 현기영의 소설들

지역과 지역이 연결되고 접속되어 해안선이 형성되기 위해선 시간이 필요하다. 그러니까 제주 4. 3이 소설적으로 형상화되기 위해선 최소한 박화성의 단편소설 「휴화산」(1973)을 기다려야 한다.[15] 하지만 박화성은 소설의 말미에 아버지의 존재에 대해 묻는 아들과 어머니 사이에서 이루어지는 대

---

15 박화성, 『휴화산』, 창작과비평사, 1977.(「휴화산」은 1973년 〈한국문학〉 12월호에 「어머니여 말하라」는 제목으로 발표되었다) 「휴화산」과 관련해 박화성의 「신혼여행」(1934)은 함께 겹쳐 보면 흥미로운 텍스트다. 「신혼여행」은 〈조선일보〉에 1934년 11월 6일부터 11월 18일까지 연재되었던 소설로 경성에서 결혼식을 올린 신혼부부가 신혼여행지로 각광을 받던 곳이 아니라 목포로 갔다가, 다시 다도해 어느 섬으로 가 조선의 비참한 현실을 경험하게 되는 이야기이다. 이 소설은 남편(준호)이 아내(복주)에게 조선의 현실을 계몽하는 서사적 전개로 인해 비판적으로 논의되어 왔으나, 경성이라는 특권적 위치에서 출발해 경성 못지않은 카페와 술집이 휘황찬란한 목포의 시가지와 퇴락한 공간(목포청년회의소)의 대비, 관광지가 되어버린 월미도와 비참한 생활을 벗어나지 못하는 다도해의 섬 생활이 주변부로의 이동을 통해 통찰되고 있다는 점에 대해서는 검토되지 않는다. 달리 말해 박화성의 소설에서 체제의 폭력과 불평등이 드러나는 장소는 이동의 마지노선인 '섬'이다. 복주의 아버지가 목포로 신혼여행지를 잡은 준호에게 하는 말과 복주의 대답은 제주와 다도해 섬에 대한 식민지적 표상을 잘 보여준다. 대화는 다음과 같다. "네 집[강진]에를 아니 갈테면 목포로 해서 대관절 갈 데가 어듸란 말이냐? 제주도를 갈테냐?" "아이, 아버지 너무 염려마세요. 아모데나 조흔 데로 데리고 가겟지요. 설마 사람 못 갈 데를 데리고 가겟서요?"(〈조선일보〉 1934. 11. 8) 제주도와 다도해 섬은 '표상'의 자리를 마련하지 못한 "사람 못 갈 데"에 해당되는 것이다. 박화성의 「휴화산」에 대한 논의는 김만석, 「환상, 범람, 귀신: 1948. 4. 3과 1948. 10. 19의 문화적, 문학적 원체험」(〈문학/사상〉 4호, 산지니, 2021)을 참조하라.

화로부터 서술자를 빠져나오게 만들어, 정작 어머니와 아들 사이에 오간 대화를 듣지 못하게 만듦으로써 역사적 현실에 대한 형상화를 비켜서는 문제를 노출한다. 물론 박화성은 부재하는 존재의 '귀환'이라는 방식으로 제주 4. 3을 다룸으로써 유실되고 망각된 역사의 소설적 형상화 가능성을 마련했다는 문학사적 의의를 갖는다. 박화성의 「휴화산」에서 그려지지 않는 모자 사이의 대화를 형상화하는 것은 현기영의 중편소설 「순이삼촌」[16]에서부터 본격적으로 시작된다.

그럼에도 현기영은 저 대화의 자리를 곧장 채우지는 못한다. 오히려 '죽음'이 먼저 저 자리를 채운다. 죽음의 사실 여부가 불투명했던 「휴화산」과 달리 현기영은 실제적인 죽음을 선고하면서 대화를 시작하는 것이다. 첫 번째 소설집 『순이삼촌』에 있는 단편들의 주요한 서사적 특성은 제주를 떠난 사람이 제주로 귀환할 때는 살아남지 못한다는 사실이다. '서술자'를 제외하고 첫 번째 단편에서 제주와 관련된 인물들은 제주로 다시 돌아오지 못하거나, 돌아오는 와중에 자살을 하거나, 제주로 돌아와서도 죽음을 맞는 것으로 처리된다. 제주 바깥으로 나갔던 사람들이 제주로 귀환할 때, 그들이 마주하는 것은 역사적 죽음이고 이를 견딜 수 있는 사회적 의례가 마련되어 있지 않기 때문에, 이들은 제주에

16 현기영, 『순이삼촌』, 창작과비평사, 1978.

도착하지 못한다고 할 수 있다.

달리 말해, 『순이삼촌』은 제주 내부에는 출구가 없는 죽음과 혈육에 대한 애도되지 않는 의례가 횡행하는 장소가 된다. 제주를 떠나도 제주 사람이 살아갈 수 있는 조건과 환경일 수 없다는 것도 주지해야 한다. 소설에서는 산업화 시대의 대도시에서 제주를 떠난 제주 사람들은 도시 빈민이나 일용직, 여공으로 착취의 밑바닥에 놓이게 된다. 이들은 사실 제노사이드를 경험한 지역에서 나타나는 난민의 형상과 겹쳐진다. 산업화 시기의 농촌 유이민들의 도시 이주와 제주에서의 유이민과는 다른 토대 위에서 진행된 것인 셈이다. 이 때문에 『순이삼촌』에서 도시인의 심성과 인간관계를 다룰 때 인물들의 행위가 전형적인 도시인의 심성과 다른 면모를 엿보인다. 도시를 배경으로 한 소설의 인물들은 일종의 공동체적인 유대와 공동체적인 공포를 함께 아우른다.

> 그런데 완실아, 이상도 하다. 마을 하늘은 멀쩡한데 물이 내려오네. 어디서 저렇게 더러운 물이……텅 빈 시내의 상류에 지독히 더러운 흙탕물이 흘러오지 않나. 흙탕물은 끈적거리는 찰기로 바위를 에워싸며 앙상하게 마른 냇바닥을 채우며 구름떼처럼 몰려온다. 뜨거운 하상은 수증기와 흙탕물이 범벅이 되어 뭉게뭉게 부풀어오른다. 물은 점점 수역을 넓히면서 사방으로 질펀한 공간을 터놓는다. 백발의 수로노인은

어디 있나? 내가 터지면 수로노인이 선두에서 물의 진행을 이끈다던데. 그런데 저게 뭐야? 더러운 흙탕물의 선두에 아버지가 걸어오고 있지 않은가! 폭도 대장이 되어 무리를 이끌고 내려온다!

아버지는 천천히 걸음을 옮기면서 손에 쥔 피 묻은 죽창으로 앞물을 두들겨 갈래갈래 찢어놓고 있다. 갈라진 돌무리들은 왈칵왈칵 사방으로 퍼져 메마른 모래와 자갈을 빈틈없이 먹어치운다. 죽인다, 약탈한다! 아버지! 오지 마! 오지 말란 말이야! 나는 필사적으로 손을 내저었다. 그러나 아버지는 죽창을 흔들면서 막무가내로 걸어온다. 물의 후방은 앞으로 이동할수록 점점 통이 살쪄가고 군데군데 부스럼 같은 소용돌이를 띄운 빨건 황톳빛 등허리가 징그럽게 번쩍거린다. 뱀 혓바닥같이 갈래난 앞물은 날름거리며 점점 다가온다. 아버지, 오지 마! 오지 마! 가까이서 물컥거리는 비릿한 흙탕물 냄새, 누렁뱀 냄새. 산폭도들이다! 완실아, 도망쳐! 빨리![17]

이 소설은 기억과 회고의 형식으로 이루어진 소설인데, 제주 4. 3의 와중에 나타난 폭력이 환상의 형식으로 나타난 대목이다. 성인 서술자의 회고와 아이가 이야기 내부에 들어 있는데, 이 환상은 성인 서술자와 아이를 시간적 간격을 뛰

17 현기영, 「아버지」, 『순이삼촌』, 창비, 2020(한정판). 330~331쪽.

어넘어 결속시키는 방식이기도 하다. 즉 성인 서술자의 시점이자 아이의 시선이 동시에 겹쳐짐으로써 제주 4. 3에서 벌어진 국가폭력과 살육을 말할 수 있게 된 것이다. 이 서술 뒤에 곧바로 "그러나 그건 환각이었을 뿐 비는 끝내 오지 않았다. 시냇물도 흐르지 않았다. 산불도 꺼지지 않았다. 한밤중 불붙은 그 산에서 산폭도들이 산불을 옮겨왔다. 마을은 불타고 그 이튿날 학교 운동장에 불에 탄 공비의 시체 하나가 전시되었다."[18]며 기억을 리얼하게 복원하는 방향으로 나아갈 수 있게 된 것이다.

현기영의 「아버지」에서는 아직 '제주도 방언'이 적극적으로 나타나지 않지만, 이후 『지상에 숟가락 하나』(실천문학사, 1999)와 『제주도우다』(창비, 2023)에 이르기까지 제주도 방언의 적극적 활용이나 의성어와 의태어의 활용에서부터 4. 3 전후의 시기에 불렸던 노래를 삽입하는 등, 제주 4. 3을 형상화하는 기본적인 형식으로 활용된다. 이런 서사 전략으로 인해 현실로 독자들이 서사에 거리를 두도록 만들고 또 지나친 동일시를 형성하지 않기 위해 기억하는 현재의 서술자가 불쑥 나타나도록 하고 있음을 볼 수 있다. 이는 두 가지 측면에서 고려해볼 수 있다. 하나는 기억하는 현재와 역사적 사건 사이의 중첩을 이런 형식을 통해서 마련하고자

18 현기영, 앞의 책, 332쪽.

한 것이라고 판단해볼 수 있다. 즉 역사적 사건이 현재와 매개되어 있다는 것을 드러내는 소설적 전략인 것이다.

다른 하나는 동일시의 효과를 저지하기 위해서이다. 현기영은 『제주도우다』에서 동일시를 중단시키는 형식이 왜 필요했던 것인지를 드러내는데, 그것은 소설 읽기가 원근법적으로 수렴되지 않도록 만들기 위해서였다는 것을 암시한다. 읽기의 원근법적 소실점엔 국민국가가 놓여 있고 국가폭력을 다루는 서사가 올바른 국가를 형성하는 데 있는 것일 수 없다면, 그런 이상적 국가 모델조차 '살육'과 '내전'을 기반으로 할 수밖에 없다면, 제주 4. 3을 다루는 서사는 육지의 중심부를 향할 수는 없는 것이다. 『제주도우다』에서 이데올로기적 대립으로 치닫는 남북도 아니고 일본이나 미국도 아닌 "제주도" 혹은 "제주사람"에 초점이 맞춰져 있는 것은 이 때문이다. 국가 내부로 수렴되지 않았던 제주의 오랜 역사에 비하면 국가 지배의 시간은 그리 긴 시간도 아니다.

하여, 이 장편에서는 압도적인 무기로 민간을 무차별적으로 살육한 쪽에게도 그리고 대항했던 세력의 폭력도 함께 다룬다. 이 폭력의 역사가 새겨진 제주에 필요한 것은 폭력 이전에 불현듯 나타났던 '제주 공동체'의 회복일 것이다. 물론 이 시공간으로 되돌아가는 것은 불가능하다. 다만, 아직 국가가 수립되지 않았고 제주 도민이 제헌적이고자 했던 바로 그 시점의 "왓샤 왓샤" 하는 에너지가 폭력의 경험과 마찬가지로 제주에 잠재해 있다면, 일방적으로 국민국가의 논리로 수렴되는 방향과 다른 회로를 구상해볼 수 있다는 것이다. 신자유주의적 자본의 광풍에 스펙터클한 군사항과 관광지로서의 '환상'만이 아니라 압도적 자연이라는 '환상'을 기반으로 대안적 장소로서 제주를 창안해야 한다는 것이다.

그러므로 가와미츠 신이치의 헌법 사안 가운데 전문을 제주의 헌법으로 만들면 어떨까.

〈전문〉

예술가들이 고향을 잃고 레지던시 프로그램을 전전하거나 작업장을 잃고 2년 주기로 이사를 거듭할 수밖에 없거나 마을이 본래적 공동체성을 잃고 프로그램에 의해 관광지로 변하고 있다면, 우리는 자신의 터전이 '폐허'가 되고 있음을 충분히 감지하고 있다고 해도 좋다. 그 결과 우리의 모든 터전이 일시적 주거만을 허용할 뿐이고 국가의 시스템이 우리 삶을 보호하기에 충분치 않음을 잘 알고 있게 된다. 이 때문에, 우리는 일상적 삶을 살아가는 보통의 사람들이라고 할 수 없고 실질적인 '난민'과 구분되지 않는 불안과 두려움에 소속되어 있다는 것을 잘 알고 있다. 예술가와 일상인은 그런 점에서 구분되지 않는다. 뿐만 아니라 노후화된 원전은 여전히 가동 중이고 2011년 3월 11일로부터 어떠한 교훈도 받아들이지 않고 있는 '핵피아'와 국가기구는 염치를 잃은

지 오래이니 우리 삶의 지속과 생존은 언제나 '위협' 속에 내몰려 있다고 해도 조금도 틀리지 않는다.

이에 따라, 국민국가의 틀 속에서 우리는 한 끝 차이로, 거의 아슬아슬한 상태로 국민으로 존재하고 있지만, 실상 비국민이 언제든지 될 수 있는 상태에 놓여 있다. 한 순간의 호흡 실수나, 잠시잠간의 낮잠, 일시적인 의식의 공백이 일어날 때, 곧장 나락으로 떨어질 수 있으며 추방될 수 있음을 우리는 잘 안다. 아니, 우리는 신경쇠약과 우울과 폭발직전의 상황 속에서, 내전에 가까운 혐오와 증오가 발생하고 있는 것을 눈앞에서 목격하고 있는, 겨우 살아남은 자들에 지나지 않는다. 호혜와 공생의 가치를 약탈하는 자본과 국가의 무능력이야말로 일상이 되었고, 그것에 맞서는 일로 너무 많은 피눈물을 흘려야만 했고 앞으로도 그럴 가능성이 무척 높다. 우리가 이상적인 국가를 요청하는 것은 사실 '국가'가 더 이상 희망일 수 없다는 것을 즉각적으로 시사하는 것이기도 하다.

그런 점에서 자신이 서 있는 곳을 평화의 장소로 전환하는 것은 무엇보다 시급한 실정이다. 공존과 공생이 이루어지는 '사회'를 조성하지 못할 때, 우리에게 미래는 음험한 음모와 적대로 열릴 뿐, 삶의 지속을 결코 보장해주지 않을 것임은 명백하다. 사람이 쓰레기가 되는 판이니, 동식물의 미래 역시 마찬가지다. 지구가 그 하치장밖에 더 되겠는가. 그러므로 현실을 구조화하는 시스템을 찢고 자신이 발 디디고 있는 장소와 삶을 돌보는 일, 곧 예술로 사는 일은 무엇보다 중요하다. 학력이나 학벌, 인맥이나 자본, 권력이 일으키는 문제들만을 돌보아온 국가기구 내에서는 희망의 밑천을 착근시키지 못한다. 우리는 이제 예술적으로 만날 때, 겨우 만날 수 있게 될 것이다. 함께 있는 일은 예술적인 일이 아닐 수 없다. 그 길은 당연히 하나가 아니다.

김만석
편집위원, 독립연구가
geosubject@gmail.com

〈전일그라프〉의 이미지 그리고 광주와 전남의 낙차들

김서라

1. 본량의 찡그린 신부 그리고 〈전일그라프〉

"光山군내 최초의 합동결혼식이 지난 1월 13일 오전 11시 본량면 남산리 「본양 어린이집」에서 있었다. … 특히 이날 결혼식 주례는 梁竜澤(양룡택) 광산군수가 자원해 맡아 주어 신랑, 신부들을 즐겁게 했으며 전남도지사 및 광산관내 각급 기관장들이 선물을 보내 식을 더욱 빛냈다.

한편 이날 신랑들은 신부에게 예물로 저금통장을 주었고 신부들은 신랑에게 삽을 예물로 주어 이채를 띠었는데 주례를 섰던 광산군수도 2천원이 예금된 저금통장을 세쌍의 신랑 신부에게 선물했다."

—「간소하고 엄숙한 새 출발의 잔치－광산군 최초의 합동결혼식」, 〈전일그라프〉 1973년 2월호

특이한 이미지가 한 장 발견되었다. 〈전남일보〉(현 광주일보)에서 발간한 〈전일그라프〉[1] 1973년 2월호에는 「소리없이 휩쓸어온 새마을-곡성군 탐방」, 「73년도 광주시 새마을 전진대회」 등의 기사에서 밭에서 김을 매는 부녀자들과 광

1 "1970년 10월부터 1980년 7월까지 발간된 〈全日그라프〉는 〈전남일보〉 사장 김남중 발행인, 편집인 겸 인쇄인은 김종태를 중심으로 한 광주지역의 사진잡지이다. 호남지역의 정치적 이슈는 물론, 경제, 사회, 역사, 예술 분야의 소식을 사진의 이미지로 전달했던 〈全日그라프〉는 전남일보사라는 막강한 사세(社勢)에 힘입어 10여년 동안 계속 발행되었으나 1980년 7월 31일 이른바 국보위(國保委)가 사회정화 차원에서 언론기관을 정비한다는 미명하에 전국 주간 및 월간지 등 172종에 달하는 간행물의 등록을 취소함에 따라 강압적으로 폐간되고 말았다."(광주언론인동우회, 『광주 전남언론사』, 삼화문화사, 1991, 689쪽)

주시장의 연설을 듣는 시청 직원들의 모습들을 포착한 사진들 가운데서 어떤 낙차를 보여주고 있다. 그것은 광산구 본량면의 '새마을합동결혼식' 사진이다. 이 합동결혼식은 새마을운동으로 마을에 생긴 부녀회가 주선하였고 공동으로 주최된 것이다. 이 기사에서 눈길을 끈 한 장의 사진은 결혼식이 열린 본량 어린이집 앞에 선 세 쌍의 부부와 주례로 나선 광산 군수의 단체 사진이다. 가운데 선 한 신부가 카메라를 노려보며 화난 표정을 짓고 있다. 정말로 화가 났는지, 햇볕이나 플래시 때문이었는지, 신부가 저런 얼굴을 한 이유는 정확히 알 수 없다. 다만, 이 신부의 불만 섞인 표정이 '간소하고 엄숙한 새 출발'을 강조하는 새마을 합동결혼식의 완벽할 뻔한 이미지를 방해하고 있다는 사실은 분명하다. 때문에 신부의 얼굴은 '새마을운동을 자율적으로 수행하는 주민들'이라는 기획된 이미지에서 빠져나갈 수 있는 출구가 되었다.

이처럼 '얼굴'은 중요한 역할을 한다. 얼굴은 지역이나 마을의 '얼굴'이라는 말처럼 어떤 대표성을 갖는 것이기도 하지만 신부의 얼굴은 기획에 포섭될 수 있는 구체적이고 고유한 부분을 드러내고 있다. 그 때문에 다른 이미지들과 이 사진의 낙차가 발생하는 것이다. 계속된 자율적 새마을운동의 홍보로 뒤덮인 기사들 속에서 신부의 찡그린 표정은 구체적인 감각을 불러일으키고 있다. 가족 행사인 결혼식이 마을 행사가 되고 농촌의 미덕을 홍보하도록 잡지에 실리게 된 상황이 불편할 수 있겠다는 일상적 감각이다. 찡그린 신부의 얼굴은 지역과 이미지 사이의 격차에 대한 표현인 셈이다.

이미지와 지역 사이의 낙차를 좀 더 분명히 해석하기 위해서는 이 이미지가 만들어졌던 당시를 분석해볼 필요가 있다. 1970년대 당시 전 세계를 양분하던 냉전체제로 말미암아 중앙 정권은 북한체제에 맞서 전국 곳곳에 통제를 확대하는 정책을 폈다. 1972년 박정희 정부가 유신정권으로 전환하기 시작하면서 지역에 대한 통제와 감시는 더욱 강화되었고 그로 인해 전개된 것이 새마을운동이다.[2] 이 시기, 1970년 10월부터 1980년 언론통폐합 이전까지 〈전일그라프〉가 발간되었다. 이 잡지에는 주로 도시 개발과, 새마을운동으로 농촌 근대화를 수행하는 농촌 마을의 사진들이 주로 실렸다. 이는 사진을 통해서 호남을 미화하려는 지역언론의 기획이었으나, 지금의 눈으로 보면 이 사진들은 시대와 냉전체제하에서 호남이 지녔던 불안감까지도 포착했음을 알 수 있다.

자연경관, 그중에서도 산을 미화하는 사례가 대표적이

2 냉전체제가 새마을정책이 전개된 주된 요인이라는 것이 『냉전과 새마을』(허은, 창비, 2022)에서 심도 깊게 연구된 바 있다.

다. 「명산을 찾아서」 꼭지의 백아산에 대한 홍보기사가 〈전일그라프〉 1972년 5월호에 실려 있다.

> "화천군 북면에 위치한 해발 804m의 이 산은 6·25 때 공비들이 아지트로 사용, 완강히 저항을 계속할 수 있었을 만큼 험준한 바위덩어리가 엉키어 있다. 서쪽으로는 무등의 영풍과 마주보고 동북으로는 멀리 지리산과도 연이어진 산에서 발원하는 내북천은 동복천 물줄기와 합하여 광주시민의 상수도가 되기도 한다."
>
> —〈전일그라프〉 1972년 5월호

백아산을 관광자원으로 홍보하는 기사의 내용은 백아산이 이전에는 공비들이 아지트로 이용하면서 악명이 높던 산이었으나, "지금은 그 옛날의 혼란을 용서라도 한 듯 인자스런 모습이 정답기만 하다"고 쓰고 있다. 그리고 위의 인용처럼 백아산의 물줄기가 광주시민들에게 상수도로 이용되고 있다는 점을 강조하고, 등산하면서 볼 수 있는 백아산 경관을 아름답게 묘사함으로써 백아산은 훌륭한 자원이자 관광지라며 방문을 호소하고 있다. 동시에 백아산의 어두운 역사 대신 훌륭한 자연경관을 강조하면서 이미지를 구축하는 한 시도라 할 수 있다. 〈전일그라프〉에는 6·25 전쟁 이래로 만들어진 호남의 부정적 이미지를 해소하고 미화하려는 노력들이 담겨 있는 것이다. 달리 말하면, 이 잡지는 지역 이미지가 독재정권의 기획 아래 만들어졌다는 증언과도 같다.

〈전일그라프〉는 또한, 도시와 농촌의 이미지들을 서로 다르게 포착하고 홍보했다. 앞서 합동결혼식의 기사를 '검소하고 엄숙한 새출발'이라고 제목을 붙였던 것처럼, 〈전일그라프〉가 보여주는 농촌의 이미지는 유난히 공동체성이 강조되고, 도시의 이미지와 대비되고 있다. 1973년 2월호 「유신의 이름으로 뭉쳐진 마을-광산군 산수리 유신부락의 이모저모」는 광산군 본량면 산수리 용산 부락의 지도자가 마을 이름을 '유신부락'으로 바꾸자고 제안했고, 회의를 통해 결정되었다는 내용이 실리며, 그 이후로 이 마을이 수행한 공동작업의 성과들이 나열되고 광산군수의 상찬까지 이어진다. 박정희 정부는 경제개발계획이 지역 간, 계층 간 구조적 소득 불균형을 야기하고 재물이나 권력을 최우선시하여 비인간화가 초래되는 상황에서 농촌의 공동체성을 위시로 새로운 가치체계의 마련하고자 했다.[3] 그리고 근대화의 세례를 받지 못한 농촌이 불안요인으로 주목되는 가운데 이들

---

3 사회보장심의위원회는 국토분단과 민족분열에 처한 상황을 '안보차원'에서 대처하기 위해서는 '새로운 가치체계'의 마련이 절실히 요구된다고 강조하는 한편, 경제개발계획이 지역 간, 계층 간 구조적 소득 불균형을 야기하는 상황, 재물이나 권력을 최우선시하여 '인간의 자기 상실', '인간의 비인간화'가 초래하는 상황을 극복해야 한다고 의견을 개진했다. (허은, 『냉전과 새마을』, 창비, 2022, 400쪽.)

의 의식구조를 개혁하여 안보를 안정시키기 위해[4] 새마을운동을 벌인 것이다. 따라서 잡지에 실린 대부분의 농촌의 이미지는 공동체 중심적이고 검소한 삶의 태도와 민속을 중요시하는 등 전통적 미덕에 따르는 것으로 보인다.

농촌에서는 전통적 가치를 강조하며 농촌 사람들이 자율적으로 새마을운동에 따르는 모습을 고무적으로 알리는 반면, 도시의 모습은 때로는 퇴폐, 세속적으로 나타난다. 〈전일그라프〉 1971년 8월호 「시원히들 사십니다 그려.-똑똑한 사람들의 잘난 여름맞이」는 도시의 여름복장을 부정적으로 포착함으로써 세속적 이미지를 조직하고 있는 것이다. 이어진 「아쉬운 공중질서-光州 사직공원 「풀」장의 꼴불견」 또한 비슷한 맥락에서 구성된다. 이 기사는 자유로운 분위기의 도시인들의 모습을 포착하고 '풍기문란'으로 규정하고 있다. 다른 한편으로는 도시의 개발장면들을 집어넣으며 호남고속도로 개발[5], 무등산관광도로, 중심사도로사업[6] 등 정부와 광주시가 추진하는 근대화사업들을 홍보하며 개발주의를

4 새마을운동은 남한의 농민이 북한의 인민혁명에 동원되는 것을 차단하기 위해서는 빈부격차와 농민생활 개선을 시급히 해결해야 한다는 목적을 가지고 있었다.(허은, 『냉전과 새마을』, 창비, 2022, 397쪽.)

5 「새 時代의 문을 여는 사람들-湖南, 南海 고속도 공사장을 가다」, 「湖南고속도로 전 공정 60% 진도-光州-全州가 1시간으로」, 〈전일그라프〉 1973년 1월호.

6 「光州를 변모시킬 새 건설의 팡파레」, 〈전일그라프〉 1973년 2월호.

옹호하고 있다.

말하자면 〈전일그라프〉는 시대가 부여한 두 가지 기획을 가지고 있다고 할 수 있다. 첫째, 냉전체제의 불안감과 호남에 덧씌워진 이데올로기적 흔적을 적극적인 새마을운동의 참여의 이미지로 중화 내지는 미화함으로써 방어하려는 기획, 두 번째는 도시에 집중된 경제개발계획으로 형성된 도시와 그로부터 소외된 농촌의 갈등을 이미지를 통해서 무마하려는 기획이다. 〈전일그라프〉는 1970년대의 호남의 긴장된 분위기 속에서 이미지를 조형하고 있었고, 거기서 떨어져나온 이미지가 본량 신부의 찡그린 얼굴인 것이다.

2. 농촌과 도시의 낙차: 수몰된 마을과 군 공항 이전 문제

도시가 개발될수록 농촌에는 낙후된 이미지가 씌워졌으나, 이 낙후한 이미지를 지우기 위한 여러 가지 시도가 이어져왔다. 지금에 와서 농촌은 도시와 상반된 이미지로서 힐링과 치유의 공간으로 재개발되고 있다. 도시와 농촌의 분리되고 상반된 이미지가 나타나는 현상은 역설적으로 두 장소가 긴밀하게 연관되어 있음을 말하고 있다. 과거 문순태의 『징소리』(1978)는 1970년대 도시화가 진행되면서 농촌이 소외되던 사회를 배경으로 한다. 『징소리』의 주인공 허칠복은 수몰된 방울재 마을을 떠나 광주로 왔지만 농사할 땅도 없고 아내도 떠나버린다. 그는 어쩌다 사장의 마음에 들어 한 빌딩에서 징을 치는 일을 하게 되는데, 허칠복의 징소리는 도시 사람들에게 자기들이 떠나온 고향을 상기시키는 것이었다. 허칠복의 이야기는 수몰된 마을의 비극적인 옛 역사까지 거슬러 올라간다.[7] 그의 고향은 장성의 북상면이며, 지금의 장성호이다.

현재 장성호는 원래부터 저수지였던 것처럼 광주 사람들의 나들이 장소가 되었다. 1976년에 만들어진 장성호는 백암산과 입암산에서 흘러 내려오는 물을 담아 농업용수를 공급하기 위해 만들어졌다. 장성호 주변은 수변길이라 하여 데크길과 노란 흔들다리를 만들어놓았고, 장성댐에는 커다란 주차장과 잔디밭을 조성하여 사람들이 소풍 장소로 이용할 수 있도록 했다. 여기에는 장성군의 상징색인 노란색으로 커다란 문자 조각이 놓여 있고, 노란 바람개비를 수없이 꽂

---

7 『징소리』의 배경이자 실제 마을들이 있었던 장성호는 1970년대 '영산강유역종합개발사업'에 포함된 장성댐 공사로 만들어진 호수이다. 그 밑에는 북상면의 율행마을, 임실마을, 도곡마을, 장평마을이 잠겨 있다. 가라앉은 북상면의 마을들에는 또 다른 역사적 비극도 숨겨져 있었다. 1950년, 전라남도의 장성, 담양, 화순, 함평 등에서 국군 11사단이 빨치산색출작업을 벌이면서 주민들까지 학살한 사건이 많았다. 11사단 20연대의 2대대는 광주에 주둔했다가 장성으로 넘어가 마을 주민 60여 명을 성산리에서 학살했고, 북상면 용곡리에서는 주민들을 집결시켜놓고 마을에 불을 질렀다고 한다.(한국전쟁전후 민간인학살 진상규명 범국민위원회, [장성] 11사단 사건, http://genocide.jinbo.net/xe/1005)

아 놓았다. 지역은 수도권과 대도시에서 오는 사람들을 불러내기 위해서는 문화와 예술, 힐링과 치유의 공간이며 재미있는 곳이어야지, 상처받은 공간이면 안 됐다. 만일 숨길 수 없는 비극이라면 기념관 안에서만 애도하는 것이 허락될 뿐이다.

수몰이라는 직접적인 이유로 고향이 사라지지 않았더라도, 역사적 애환이 담긴 장소 그리고 삶의 장소이기도 했던 곳이 서울이나 광주의 도시민들을 위한 힐링과 즐거움의 공간으로 '개발'되는 것은 한편으로는 상실일 수밖에 없다. 더구나 도시에서 농촌으로의 기피시설 이전 문제는 농촌을 더욱 주변화하고 있다. 2023년 5월, '광주 군공항 이전 특별법'이 국회 본회의를 통과했다. 5월에 특별법이 통과했다는 소식이 들리자 곧 어등산관광단지 개발계획도 재개된다고 했다. 군공항을 언제나 치워버리려나 기대하는 사람들이 생겨나는 한편, 다른 지역에서는 군수가 군민들 양해를 구한다며 허리를 굽혔고, 주민들은 군공항 유치 반대라는 플래카드를 들었다. 군공항은 전투기 소음 때문에 주민들의 불만이 많았던 시설이었고, 광주의 '숙원사업'이라는 어등산관광단지를 건설하기 위해서는 다른 곳으로 이전해야 했다. 군공항이 이전할 장소는 전라남도가 될 것이라 한다. 어떤 도의원은 전남이 광주의 기피시설을 유치하고 식량 생산지, 수원지 역할을 하고 있음에도 불구하고 도 주민에게 돌아올

지원책이 제시되지 않는 것에 대해서 섭섭함과 분노를 드러냈다.[8]

도시와 농촌이 갈라지고 위계화된 관계가 드러날 때, 지역들의 이미지도 서로 부딪히고 갈등하고 있다. 식량생산지, 수원지와 산과 강이 있는 전남, 도시의 인프라와 문화예술 자원이 풍부한 도시 광주. 이 두 장소에 축적된 관념과 이미지들은 자연스레 만들어진 것만은 아니다.[9] 도시와 농촌에

---

8 "적어도 한 뿌리이자 형제인 광주전남의 정서를 생각한다면 군공항 이전 특별법 통과 축하 현수막을 광주 시내 도처에 게시하는 것이 먼저가 아니라 군공항이 이전됨으로써 피해를 입게 될 전남 지역에 어떠한 위로와 보상을 제대로 해 줄 것인지를 먼저 생각하며 양 시도의 발전을 함께 고민할 수 있도록 했어야 한다. 군공항이 이전됨으로써 얻어질 개발이익을 어떻게 활용하여 전남과 이전될 해당 지역에 적절한 보상으로 제시할지가 더 먼저였어야 한다. 그런데 함평군, 영광군 등에서 군공항 이전 설명회를 개최하면서 지역갈등이나 조장하는 광주광역시의 행태에 도민의 한 사람으로 분노하지 않을 수 없다."(이규현(전라남도의회 의원), "특별기고/광주 전남 통합으로 새로운 시대를 열자!", 〈담양곡성타임스〉, 2023.5.4.)

9 도시와 시골이라는 두 장소 사이의 관계에 대해 이론적으로 다루었던 사람은 20세기 영국의 문화학자 레이먼드 윌리엄스다. 그는 문학적 텍스트에서 도시와 시골의 이미지를 추려내는 작업을 통해, 두 공간이 역사적 지배, 착취의 관계에서부터 대비를 이루고 있다고 말한다. 도시는 소통과 빛, 세속, 시골은 순수와 소박한 미덕 등의 관념이 축적되어 왔다. 그 유래를 거슬러 올라가면 고대에까지 닿지만, 당시 20세기에 그가 바라보았던 영국의 도시와 시골의 이미지는 곧 도시와 시골 간의 관계에 기반하는 것이었다. 다시 말해, 도시와 시골의 관계는 고대 그리스에서부터 있었지만 두 장소의 관계가 어느 한쪽이 우월하도록 극도로 불균형상태에 이른 것은 자본주의적 산업화 이후다. 이러한 윌리엄스의

만들어진 이미지는 지역 간의 분리, 분할로 더 강화된다. 지역의 자생방안으로 마련된 브랜딩이나 정체성 구축은 여전히 낙후에서 첨단으로 향하는 근대적 지역개발의 맥락에서 이루어지고 있다. 여기에 도시와 농촌의 분열, 나아가 농촌을 착취하는 시스템이 잠재되어 있다.

3. 광주의 도시 브랜딩과 찬찬히 방앗간

농촌은 도시 사람들을 위한 힐링 장소는 아니다. 도시 또한 첨단과 미래도시의 이미지로 포섭될 때, 도시의 현실이 은폐되는 것은 물론 지역과의 관계가 결여된 채 고립될 수밖에 없다. 지역을 특정 이미지에 종속시키는 방식으로 개발하는 일은 도시에서 가장 먼저, 그리고 가장 흔하게 이용되는 브랜딩작업이다. 도시를 하나의 상품으로 만들어 관광이나 지역개발의 영역에서 다루는 것이다. 주로 도시브랜딩은 세계적인 대도시들을 중심으로 이루어졌다. 악명 높은 도시였던 뉴욕이 'I♥NY'의 성공을 거두었던 사례 이후, 이 방법은 거의 모든 도시들과 지역의 생존전략이 됐다.

논의는 20세기 근대적 시공간이 도시와 시골이라는 이분법적 분리와 그 허상들을 낳았다는 것을 내포하고 있다.(레이먼드 윌리엄스, 이현석 옮김, 『시골과 도시』, 나남, 2013, 15쪽)

특히 광주는 도시 브랜딩에 꽤 공을 들이고 있다.[10] 광주는 알려져 있듯 5 · 18의 도시이기도 하지만 한편으로는 문화예술도시라는 정체성이 돋보일 수 있도록 많은 노력을 기울이고 있다. 광주비엔날레의 프로젝트와 아시아문화전당, 2014년 유네스코 미디어아트 창의도시에 이르는 문화도시 만들기 프로젝트들이 그렇다. 1995년 광주에 비엔날레를 들여온 것은 5 · 18 항쟁의 아픔을 예술적으로 승화시키기 위함이기도 했지만, 경제적인 목적도 있었다. 5 · 18의 막대한 영향은 광주의 국내외 이미지를 항쟁의 도시로서 알렸지만, 경제성장과 발전을 위한 이미지메이킹에 대한 요구들을 무시할 수는 없었다. 이미지 메이킹과 더불어 문화를 통해 경제적 성장을 일구려는 기획이 만들어져 있었던 것이다. 지금도 이 전략은 잘 작동하고 있는 것처럼 보인다. 2018년부터 시작한 광주비엔날레의 파빌리온 프로젝트는 광주시의 의도를 잘 반영하고 있다. 광주시는 파빌리온을 문화외교 플랫폼으로 활용하고 경제협력으로 나아가겠다는[11] 입

---

10 일례로, 미디어아트 도시의 이미지를 시각적으로 보여주기 위한 미디어파사드나 미디어월은 도시재생을 위한 효과적인 수단이다. 백운광장에 설치된 미디어월은 길이 42.4m에 높이 9.9m가량의 초대형 곡면 LED 디스플레이로 만들어졌고 50억 원의 비용이 들었다고 한다. 미디어월은 광주의 GMAP(광주 미디어아트 플랫폼)에 설치되었고 현재 동구 영상복합문화관에도 설치되는 중이다.

11 "내년 광주비엔날레 파빌리온 20개국 확대… 도시외교 플랫폼 안착",

장을 보였다. 광주 서구의 월드컵경기장 주변의 도로 이름을 2005년에 '센다이로'로 정했던 것처럼, 경제와 문화수교를 맺은 해외 도시의 이름을 도로에 붙이고, 광주비엔날레에 7개국 대사, 배우자들을 초청한 것도 그 일환이다.[12] 문화예술도시로서 광주를 국외에까지 알림으로써 확고한 정체성을 만들고, 해외 관광객의 유치와 국제적 문화수교를 통해 경제적 외교의 효과를 노리는 것이다.

여기에 과거 전두환 정부의 새문화정책과 예향론[13]은 광주를 문화예술도시라는 이미지를 근거하는 역사적 근거가 되기도 하지만, 문제는 문화예술의 도시라는 이미지가 지역 사람들의 삶과 행위을 비추기보다 그것을 규정하려고 하는

〈연합뉴스〉, 2023.7.11.

12 "강기정 광주시장, 7개국 대사, 배우자 초청 '비엔날레 외교'", 〈연합뉴스〉, 2023.6.13.

13 문화예술의 도시라는 도시 브랜딩이 만들어지게 된 계기도 1970년대 예향론에서 출발한다. '예향론'은 지역에 뿌리를 두었다기보다는 1983년 전두환 정부의 민족문화의 발달과 계승, 그리고 지방의 문화를 육성하기 위한 '새문화정책'과 광주일보 등 언론의 '예향 만들기'를 통한 지역개발의 욕구에 의해 브랜딩되었다는 연구가 있다. 향론은 타 지역에 비해 정치, 경제적으로 소외되어 있는 정서가 깊은 호남에 문화, 예술적 측면은 우월하다는 자부심을 불러일으켰고, 언론은 그것을 부추겼던 것이다. '예향'이라는 지역정체성이 서울-지방의 정치경제적 권력관계 속에서 전라도 혹은 광주라는 도시를 바라봤던 시각이자 정서라는 것을 말해준다.(김봉국, 「예향 광주의 탄생 전두환 정부 새문화정책과 지역정체성」, 『역사연구』 37호, 역사학연구소, 2019, 658~660쪽.)

특권적 위치를 지니고 있다는 것이다. 따라서 지금의 도시 이미지 또한 공무원과 몇몇 힘 있는 지역 유지들로 한정된 행위자들에 의해 결정되는 것처럼 보이는 것이다. 이는 초기 비엔날레와 더불어 아시아문화전당 건립 사건을 다룬 신혜란의 『누가 도시를 통치하는가?』가 빠진 함정이기도 하다. 이 책은 지역 이미지와 정체성이 결정되고 만들어지는 과정을 지역 예술가와 행정, 시민단체 사이의 관계 안에서 설명했다. 이에 지역 이미지의 형성이 단순한 지역 내부의 몇몇 행위자들의 정치적, 권력투쟁에 의한 것이라고 말하기는 어렵다는 최정기의 비판[14]이 제기되었다. 그는 『누가 도시를 통치하는가?』에 대한 서평 「광주의 속살을 기대했는데…」에서 '아무리 지역에 무관심한 사람이라고 해도 해당 사안에 정치적인 힘을 발휘하지 못하는 것이 아니다'고 말했다.

---

14 문화도시를 만들기 위한 표면적인 정치적 행위들은 있지만, 그것뿐일까? 문화는 오히려 '도시 만들기'의 수단이 되어버린 것인지도 모른다. 광주의 문화도시 만들기에 대한 책, 『누가 도시를 통치하는가』(신혜란, 이매진, 2022)가 작년에 출간됐다. 그리고 얼마 전, 이 책에 대한 최정기 교수의 서평이 게재되었다. 오랫동안 광주와 5 · 18을 연구해온 최정기 교수는 이 서평의 제목을 「광주의 속살을 기대했는데…」라고 조금 아쉬운 뉘앙스를 담아 지었다. 도시정치는 의사결정 및 정책 등을 통해서 이루어지지 않고, 역사적인 맥락들과 함께 내밀하고 다차원적인 정치로서 고려해야 한다는 것이다. 서평자가 기대했던 광주의 속살은 의사결정이나 정책적 차원에서의 정치가 아니라, 그 정치가 작동하게끔 하는 것들이다.(최정기, 「광주의 속살을 기대했는데…」, 『경제와사회』 138호, 비판과사회학회, 2023, 238쪽.)

달리 생각해보면, 『누가 도시를 통치하는가』는 도시의 정체성을 형성하는 행위자들이 제도와 그 주변 몇몇 행위자들 중심으로 이루어지고 있다는 다소 회의적인 진단일지도 모른다. 문화도시를 만드는 가시적 층위의 정치적 행위와 관계들이 오히려 지역성을 은폐하는 상황 말이다. 이는 곧 지역의 이미지를 두고 벌어지는 표면적 권력관계의 판이 지역의 수많은 행위자들을 배제하고 있다는 의미이며, 그로써 생산된 이미지가 주요 행위자들 나름의 방식으로 해석된 지역의 정치, 경제적 이익으로 환산되고 있다는 것이다. 그리고 이렇게 생산된 이미지가 지역을 규정하게 될 때, 도시 내부에서 여전히 일어나고 있는 일방적 개발의 모순들은 은폐된다.

광주의 '지구' 단위 개발을 예로 들 수 있다. 광주 도시개발은 노태우 정부 들어서면서, '첨단지구' 조성으로 생산도시화의 기반을 갖추는 것처럼 보이며, 그 연장선에서 지구 단위 신도시들의 재편성이 일어났다. 화정지구, 백일지구, 금호지구(1, 2), 하남지구(1, 2, 3), 봉선지구(1, 2), 염주지구, 두암지구(1, 2), 문흥지구, 신창지구, 일곡지구, 풍암지구, 운남지구(1, 2), 첨단지구(1, 2, 3), 상무지구(1, 2, 3, 4), 수완지구, 동림지구(1, 2), 신가지구, 선운지구, 오치우산, 쌍촌지구, 진월지구가 1987년 이후 만들어진 신도시들이다.(두암1['83.10.24~'86.2.26], 우산1['84.9.25~'87.9.25], 봉선방림['

84.10.27~'87.10.28]은 제외)[15] 이 지구 단위의 개발은 보통 지구로 묶인 지역을 '생산' 또는 '주거'의 역할로 한정하고 거대한 규모의 공사로 공간을 완전히 재편성하는 작업이다. 위의 지구들에서 하남지구, 첨단지구는 생산기능을 지닌 구역들로서 공단들이 들어서 있고, 나머지 지구들은 주거와 상업기능을 주로 갖춘 지역으로서, 유명 브랜드의 아파트단지들과 대형마트, 학교가 세워진다. 이 공사가 진행되면서 지역의 역사적 맥락들은 사라지고 기능만이 남게 된다.

이처럼 광주의 도시 브랜딩은 문화예술을 내세우면서 도시의 이미지를 특정하게 구축하는 한편, 다른 한편에서는 여전히 근대적 개발방식으로 지구들로 지역을 재편성하고 있음을 볼 수 있다. 이 두 가지는 분리되어 있다고 볼 수 없다. 지구 단위의 개발이 도시를 기능 위주로 편성하는 것이라면, 도시 브랜딩은 도시를 특정 이미지에 종속시킨 채로 편성하는 방식이다. 따라서 문화예술이라는 이미지라고 하더라도 그것을 브랜딩하는 방식에는 여전히 근대적 개발주의의 지배 매커니즘이 숨어 있는 것이다. 지배 메커니즘의 위계적 관계가 내포된 도시 브랜딩은 주변 지역들(특히 여기

---

15 지구단위에 대한 분석과 자료는 2023년 6월 10일 광주시민자유대학과 동구의 공동주최로 광주 무등현대미술관에서 열린 〈무등인문포럼〉의 윤현석에 대한 김만석의 토론문 「새로운 도시와 시민들의 합창-식민지 근대도시 광주와 그 이후」에서 발췌했다.

서는 전남)과의 관계 또한 첨단과 낙후라는 위계적으로 설정하여 결국 지역의 위성도시화를 초래할 수밖에 없다. 그리고 도시 브랜딩이 발전주의과 동일한 맥락을 가지고 있다면, 흔히 떠올리는 농촌지역의 지역브랜딩, 특히 농촌지역의 이미지에서 강조되는 자연경관 또한 '개발된 영토'와 다를 바 없다는 말이 된다.

도시도 농촌도 개발의 위계적 방식으로 재편성되고 있는 상황이지만, 거기서 떨어져 나와 직접 지역 안팎을 오가면서 상생을 도모하는 사람들이 있다. 광주의 (주)씨드밀이라는 사회적 기업은 찬찬히방앗간이라는 브랜드를 런칭하고 국내 지역에서 생산된 재료로 참기름, 들기름을 생산한다. 광산구에서 방앗간 집 딸로 태어난 장명아 대표는 어려서부터 방앗간에서 아주머니들을 보아왔다. 아주머니들은 때가 되면 햇빛에 잘 말린 고추를 가져와 방앗간에서 갈고, 참깨나 들깨를 가져와 기름을 짜 간다. 어찌나 그것들이 소중한지, 혹시라도 방앗간이 당신들 고추나 깨를 제대로 갈고 기름을 짜내는지 중국산을 섞지는 않는지 방앗간에 앉아 종일 지켜보고 있었다. 여름과 가을의 땡볕에서 수확하고 말리고 골라내는 등 많은 노동의 산물이니 당연한 일이다. 이때부터 이미 지역 여성들의 노동을 귀하게 여길 수밖에 없었던 그는 경력단절여성, 한부모 가정 여성 가장들이 함께 일하는 사회적기업을 세웠다. 그리고 직접 장성이나 담양 등 지역의 농가와 계약하여 깨와 들깨를 매수해 기름을 생산한다.

(주)씨드밀의 찬찬히방앗간은 지역 내, 외부에서 매우 중요한 실천을 하는 중이다. 한 사회적기업이 도시와 지역을 잇고 상생하는 생산구조를 만들 수 있다는 것, 그리고 생산한 상품 또한 이를 이미지로 활용할 수 있다는 것이다. 이 상품은 도시의 로고나 슬로건이 박힌 티셔츠, 머그컵 따위의 도시 굿즈와는 비교할 수 없는 의미를 지닌다. 현 조건에서 도시는 상품화 될 수밖에 없다면, 상품에 따라오는 이득을 도시가 독점하지 않는 법을 고민해야 할 것이다. 농촌과 도시가 상품의 이익을 나누어 가지고, 상생하는 지역의 이미지를 도시와 농촌이 동시에 가져가는 법이다. 이미 도시는 임의대로 조형할 수 없는, 여러 가지 얼굴을 가지고 있다. 광주와 전남 그 사이에 분할할 수 없는 얼굴들 가운데, 본량 신부가 찡그린 표정으로 나타나 있다.

김서라

전남대학교 대학원 박사과정(철학)을 수료했다. 〈광남일보〉 2021년 미술평론 당선. 광주의 예술가, 연구자들이 모인 '광주 모더니즘' 연구공동체 일원이다.

eseora@naver.com

∮ 소설

마지막 전화

정광모

나는 벽시계를 흘깃 바라보았다. 밝은 갈색의 벽지에 걸린 동그란 시계는 여덟 시 오 분이 지나가고 있었다. 지금까지 전화가 오지 않자 실망한 나는 전화기를 대던 오른쪽 귀가 시큰거리기까지 했다. 내가 전소운에게 실망할 까닭은 없다. 비록 오랜 시간을 통화해왔지만 어디까지나 상담자로서 이야기를 들어주고 함께 방향을 모색하기 위해서였다. 방향을 모색하다니 그것도 실은 건방진 이야기다. 내가 전소운이 걷는 인생 방향을 조금치도 바꿔놓을 수는 없는데 그건 전소운만이 아니라 여기 햇빛 전화 상담소와 통화를 하는 모든 사람에게 해당이 될 것이다.

상담실은 전화와 공책을 놓은 탁자와 의자, 가습기와 같은 필수품으로 채워진 작은 공간이었다. 휴대폰에 익숙한 세대에게는 이상하게도 느껴질 일반 전화기 한 대가 이 공간의 주인이었다. 전화기를 통해 오고 갔을 한탄과 분노, 낙담과 괴로움은 대단한 무게라서 사람이었다면 견뎌내지 못했을 것이었다. 전화기 상단에는 전화를 건 사람의 전화번호와 전화를 기다리는 사람의 숫자가 표시되었다. 41년 전에 햇빛 전화 문을 열었을 때는 그런 기능은 없는 투박한 기계식 전화기였으리라. 사단법인이 되고 전국 대도시에 상담소를 둔 햇빛 전화로 커졌지만 외우기 쉽고 단순한 전화번호는 예전 그대로였다.

몇 통의 상담 전화를 받자 시간은 척척 지나 벌써 삼십 분이 흘렀다. 나는 눈썹을 찡그리고 손으로 이마를 문질렀다. 초조할 때면 습관적으로 하는 행동이라서 사람들 앞에서 의식적으로 피하는 몸짓이었다. 목을 촉촉이 적셔두기 위해 찻물을 입에 머금었다가 삼켰다. 전소운에게 전화가 왔을 때는 나는 이미 녹초가 되어 있었다. 하마터면 나는 전화기에 대고 버럭 소리를 지를 뻔했다. 딸에게 그렇게 관심이 없어서야 어떻게 엄마라고 할 수 있겠냐고. 아이의 마음이 자라는 것만큼 엄마의 마음도 자라는 것 아니겠냐고. 나는 실은 누구의 아이도 챙겨줄 능력이 없었다. 그럼에도 상대방의 사연에 귀를 기울이다 보면 괜스레 그렇게 큰소리를 치고 싶은 마음에 자주 부대꼈다.

침착하게 전소운의 전화를 받으면서 목소리에 뭔가 달라진 게 없나 귀를 세워 살폈다. 그녀 고민은 딸의 학업 문제였다. 조카와 사촌과 가까운 친척 대부분이 일류대학을 나온 집안답게 딸의 공부 문제가 중요했다. 그녀가 내게 한 말이다. 우리 딸이 방정식을 푸는 모습을 봤어야 하는데요. 수학 점수가 70점이라는 게 말이 된다고 생각해요? 일급 수학 강사가 붙었는데도 그 지경이에요. 수학에만 들어간 돈이 얼마일 것 같아요? 그랬다. 수학이 문제였다. 거기에 더해 영어와 국어도 문제였다.

전소운의 딸 채아는 춤과 만화 그리기를 좋아했다. 춤은 인기 가수를 따라 하는 커버 댄스가 아니라 어디에서 배운 건지 모를 독특한, 뭐랄까 고대에 있음직한 무용을 닮은 춤을 춘다고 했다. 알려준 사이트의 동영상으로 보니 아닌 게 아니라 그리스 신전의 옛 무녀들이 추었을 법한 몸짓이었다. 채아는 취미로 반 친구들이 좋아하는 가수나 배우의 만화와 친구의 캐리커처를 그려주었다. 대략 훑어보아도 개성 강한, 상당한 실력이었다. 혹시 채아가 유화를 좋아하고 재질이 있었다면 미국으로 유학을 보냈을까. 그랬을 것 같지 않았다. 전소운은 딸이 친척과 친구 자녀들과 비교해서 성적이 떨어지는 것을 싫어했고 만화를 좋아하고 잘 그리는 것도 격이 떨어진다는 이유로 꺼렸다.

전소운은 딸이 중학교 2학년일 때부터 사이가 벌어져 점점 멀어져갔다. 딸과 갈등이 꼭지를 찍어야 그다음부터 관계가 안정될 가능성이 보이는데 아직도 다툼이 고조되는 중이었다. 그녀는 전화에서 날씨 얘기를 전했다. 오늘 바람 대단하지 않아요? 바람에 모자가 날아갔어요. 그렇죠. 바람이 미는 힘에 몸이 휘청거렸다. 맑은 가을날에 폭풍을 닮은 바람이라니. 10월 초순에 이런 바람이 가끔 분다고 해요. 그렇게 말들 하지만 강풍이 불지 않는 계절이 어디 있겠어요. 상담소에 오면서 본 거리는 바람이 날린 비닐과 나뭇잎과 종이와 이런저런 잡동사니로 어수선했다. 한 번씩 거센 돌개바람이 일어 낙엽과 비닐을 높은 하늘까지 밀어올리기도 했다. 바람이 거센 날에는 전소운은 꼭 날씨 얘기를 먼저 꺼냈다. 사거리에서 오토바이가 회전하다가 넘어지기도 했다니까요. 그랬군요. 웬 놈의 바람이 이렇게 거친지……. 나는 다소 호들갑스럽게 맞장구를 치며 기다렸다. 그녀가 채아 이야기를 꺼내기를. 전소운이 말했다. 바람이 거세지만 채아는 잘 지내겠죠. 나는 목소리 처음을 눌러 단단하게 말했다. 그럼요. 채아가 어떤 아이인데요. 딸은 잘해 낼 거예요. 그렇고 말고요. 전소운은 다소 불안을 담아 가늘게 되물었다. 정말 그럴까요. 전소운의 말이 바람에 날려 갈라지고 희미해졌다가 크게 울렸다. 나는 그 말이 바람을 이기지 못하고 허공으로 날아갈까 봐 전화기를 꽉 붙들었다.

　나는 어조를 높이며 딱 잘라서 말했다. 딸을 믿으세요. 딸의 힘을 믿어야 해요. 그 말은 내가 25년 전 외환위기가 몰고 온 광풍에 텅 빈 주머니가 되어 햇빛 전화에 상담하자 상담사가 내게 힘주어 한 말이었다. 자신을 믿으세요. 자신의 힘을 믿어야 해요.

아버지는 자신의 힘을 믿지 못했다. 무역업체를 운영한 아버지가 1997년에 수입한 고무는 부산항에 도착할 즈음에는 1달러 1,500원대로 두 배 가까이 올랐다. 지급해야 할 수입대금이 5억 원에서 10억 원 즈음으로 뛰었다. 등산화와 작업화를 만드는 업체는 아버지에게 고무를 인수하고서 바로 부도를 냈다. 목재와 원단과 사료와 같은 수입원자재를 둘러싼 부도 바람이 거셌고 건실했던 아버지 업체도 그 폭풍에 휘말려 자산이 사라지고 빚까지 걸머졌다. 나는 대학원을 그만두고 생활비를 벌러 일터로 나섰다. 사업을 하면서 신용을 철저하게 지켰던 아버지는 어느 날 야산에서 시신으로 발견되었다. 경찰에서 누구 가족이 맞지요 라며 걸려온 전화 목소리를 잊을 수 있을까? 전화를 들자 닥친 예감에 몸을 부르르 떨었고 제대로 입을 떼지도 못했다. 그즈음 나는 폭풍에 내 뿌리가 뽑혀나가지 않을까 두려워하며 매일 한 번씩 햇빛 전화로 전화를 냈다. 세상의 급류에서 허우적대던 내 고민은 상담사에게는 뻔하고 뻔한 스토리였을 것이다. 이름도 모르는 상담사는 나를 위로하고 격려했다. 사실 그녀는 별다른 말을 하지 않았다. 유복한 가정에서 자라 고생을 모르고 세상 물정에 익지 않았던 나의 어눌한 하소연을 들어주고 또 들어주고 간간이 나를 격려했을 뿐이었다. 그녀는 내게 어떤 처방도 내리지 않았지만 나는 그런 무덤덤하고 무채색의 상담에서 용기를 얻었다. 그리고 삶의 위기에서 빠져나가면 햇빛 전화에서 상담사로 자원봉사하겠다고 마음먹었다.

네 시간이 지나서 나는 상담실에서 나왔다. 몸이 눅진했고 머리는 더 노곤했다. 전화기를 통해 들리는 말을 듣고 받아주고 격려와 위로의 몇 마디 말을 보태는 것이 이토록 에너지가 드는 일이라는 것을 처음에는 생각도 못 했다. 말은 놀라운 힘을 지니고 있어 갈등과 괴로운 상황을 듣는 것만으로도 진을 빼기에 넉넉했다. 세상에 불행은 많고 어리석은 사람과 어리석은 행동은 넘치고 넘쳤다. 상담자가 호소하는 상황에 몰입하기라도 하면 마음은 물에 푼 마른 미역처럼 무거워져만 갔다. 상담사를 교육하는 강사는 상황과 객관적 거리를 두라고 누누이 강조했다. 그토록 상담 교육에서 강조한다는 말은 그만큼 거리 두기가 쉽지 않다는 역설적인 증거였다. 그래서 햇빛 전화에서는 급여를 받는 직원은 상담을 하지 않았다. 유급 직원은 사무국에만 근무했는데 직원이 종일 상담을 한다는 것은 정신건강에 비추어 불가능하다는 이유에서였다. 자원봉사자도 대개 한 달에 한두 번, 많아도 일주일에 두 번까지가 규정된 한도였다. 그래서 자원봉사자만으로 운영하는 상담실은 세 칸밖에 되지 않지만 24시간 운영에 365일 돌아가는 특성 때문에 자원봉사 상담자가

200여 명 가까이 되었다. 그들 중에는 청소년 상담사 등 자격증을 따기 위해 봉사하는 분들도 많았다.

자원봉사자의 경력은 다양했다. 교사나 공무원 출신은 드물었다. 사람들은 퇴직한 교사와 공직자가 자원봉사자로 많이 일할 것 같다고 생각한다. 그들은 대체로 생활이 안정되어서 세계 곳곳을 여행 다니거나 그림 그리기나 골프, 걷기 같은 취미 생활에 몰두하는 경우가 많았다. 퇴직 교사들은 온갖 사연 깊은 학생들과 학부모들을 상대해왔기에 억울한 사정을 지녔거나 가슴에 한이 맺힌 저소득층이나 약자의 목소리를 느긋하게 들어내지 못하는 경우가 많았다. 근무하면서 민원에 시달렸던 퇴직 공무원들 사정도 비슷했다.

옆 상담실에서 나온 황 선생은 오늘도 은둔형 외톨이와 제법 시간을 보냈다는 말이었다. 황 선생은 얼굴이 둥글고 몸이 후덕진 스타일답게 느긋하게 전화를 받았다. 황 선생 시간에 자주 전화를 거는 외톨이는 나이가 삼십 대 초반인데 이 년째 방 밖으로 나서지 않았다고 한다. 내가 말했다. 외톨이는 뭘 이야기해요? 방에서 게임하거나 드라마 본 얘기 같은 거죠. 평상시 생활 얘기도 많고요. 그런 이야기 같으면 바로 옆에 가족들에게 하면 될 것 같은데요. 그렇죠. 그런데 가족들과 얘기하는 게 무척 어려운가 봐요. 천 길 낭떠러지가 가족과 자신 사이를 갈라놓은 것 같다고 하니까요.

상담을 받으면 낭떠러지에 선 사람이 많았다. 그들은 자신들의 우울증과 불안 그리고 분노를 얘기하고 얘기했다. 뭐가 우울하고 불안해요? 어떤 사람은 직장 상사의 괴롭힘이나 채용 시험의 두려움을 말했다. 이유가 분명한 사람은 나은 편이었다. 많은 상담자들은 원인을 똑 밝혀내지를 못하면서 정체 모를 증세에 쫓기고 있었다. 선생님. 우울한 이유를 알면 제가 전화를 했겠어요. 이유가 없어요. 그냥 우울해요. 상담에서 가족이나 고부 사이의 갈등 얘기는 줄어드는 추세였지만 그것도 물밑으로 번져 우울증으로 되살아나는지도 모를 일이었다. 마음을 터놓고 얘기할 사람이나 가족 같은 의지처가 줄어드는 것도 이유일 것이다. 우울의 바탕에는 사정없이 사람을 쪼아대는 경제 문제가 걸려 있을 가능성이 컸다. 없는 사람은 없는 대로, 가진 사람은 가진 대로 뒤처질까 봐 아우성이었다. 우울증은 상류층에서 하류층까지 번진 전염병이었다. 돈이 많은 사람은 시내의 신경정신과병원에 예약해서 돈값에 걸맞은 상담과 처방을 받아들였다. 우리에게 전화를 거는 사람들은 가난에 지친 사람들이 많지 않을까.

우리는 불안에 떠는 사람들에게 무료로 대화라는 처방을 넣어주었다. 그런 처방이 효과가 있느냐고 묻는다면 글쎄다. 효과가 없을 수도 있겠지만 있다 라고 나는 힘주어 말해준다. 내가 바로 전화 상담의 덕을 본 사람이니까. 바람이 거세게 부는 날에 다리 아래의 강물에 뛰어들지 않고 돌아온 건 뭐니뭐니해도 나를 다정하게 위로해준 상담자였다. 그날 나는 다행스럽게 다리에서 머플러를 잃은 게 전부였다. 당시 누군지 모르는 그 상담자의 얼굴을 상상하며 나를 도와주는 수호천사나 영혼이라 느끼며 얼룩진 천장 벽지를 바라보며 잠이 들었다.

황 선생과 나는 사무국장과 함께 점심을 먹으러 나갔다. 아침부터 요란하던 바람은 숨을 죽였지만 그래도 여전히 만만찮은 힘으로 낙엽 더미를 쓸고 다녔다. 배달 오토바이가 연달아 내 곁 가까이를 치고 가는 바람에 몸을 보도 안쪽으로 더 옮겼다. 사무국장은 시에서 지원금이 줄어서 걱정이었다. 황 선생이 물었다. 시에서 왜 지원금을 줄였어요? 별다른 이유는 없고 문화예술과 이쪽 사회복지 분야는 일률적으로 오 퍼센트를 줄였다네요. 오 퍼센트면 타격이 커요? 그게 아귀가 딱 맞는 살림이라서 겨우겨우 맞추는 형편이니까요.

쇠고기 쌀국수와 파인애플 볶음밥으로 주변에서 인기 있는 식당은 자리를 기다려야 했다. 안을 들여다본 사무국장이 조금만 기다리면 자리가 나겠다고 말했다. 황 선생과 사무국장이 대기 의자에 앉고 나는 따가운 가을 햇볕을 피해 옆 가게 쪽으로 몸을 옮겼다. 무심히 도로를 바라보던 내게 철근을 가로질러 만든 하수관 덮개가 보였다. 덮개를 덮은 검은 고무 매트가 옆으로 치워져 있었다. 더러운 더께가 덕지덕지 붙은 새까만 철근을 보자 입맛이 싹 달아났다. 철근 사이로 시궁쥐가 더러운 주둥이를 쏘옥 내밀 것만 같았다. 식당 자리에 앉아서도 속이 편하지 않은 나는 젓가락질 몇 번에 쌀국수 국물을 몇 모금 마시고 일어났다. 바람이 거센 날에 전소운과 통화를 해서 그랬나 싶기도 했다. 어쩌면 전소운 목소리에서 은근한 불안과 체념을 느꼈기 때문인지도 모른다.

며칠 후 목요일 아침 전소운과 통화에서 그녀는 결기 섞인 말을 쏟아내 내 속을 긁어놓고야 말았다.

딸이 죽어버렸으면 좋겠다고 쓴 유서를 발견했어요. 이럴 수가… 이럴 수가 있는 거예요. 내가 저를 어떻게 키웠는데. 전소운은 이렇게 억울한 일이 어디 있을까 당장 내게 뛰어와서 탁자를 치며 호소하고픈 목소리였다.

저기, 어머님. 진정하시고요. 유서는 어떻게 하셨나요.

아이 앞에서 쫙쫙 찢어버렸지요. 이렇게 나약한 아이를 전 낳은 적이 없다고요.

유서는 처음 있는 일인가요? 처음이에요. 이따위로 살 거면 학교 거둬도 된다고 말했어요. 입만 열면 학교 그만두겠다는 말 지긋지긋해요.

답답해서 그랬겠지요. 고등학교 1학년인데 아이도 얼마나 부담이 크겠어요.

부담이 크다는 건 나도 알아요. 최근에는 압박 주는 말 안 했고요. 과외도 하나 끊었어요.

혹시 유서 내용은… 기억 나세요?

머릿속이 끓어올라 띄엄띄엄해요. 나를 비난한 글은 기억나요. 내가 무슨 원수라고. 다 지 잘되라고 하는 건데.

전소운과 남편 모두 일류대를 나왔다. 나는 속으로 되뇌었다. 그까짓 대학 이름이 뭐라고. 내게는 그까짓 것으로 취급되는 이름이 그들에게는 목숨만큼 중요한 얼굴이었다. 타고난 얼굴에 못지않은 두 번째의 얼굴인 학력을 그들 부부에게서 지워버린다는 것은 사회에서 그림자로 살아야 한다는 공포감에 다름 아닌 모양이었다.

전화에 블랙리스트 번호가 떴다. 공책에 적어둔 번호를 살펴봤다. 이 남자는 과대망상으로 전화를 한다. 복권에 당첨됐는데 햇빛 전화에 기부하는 절차가 어떻게 되는가 묻는 식이다. 당첨금 모두를 햇빛 전화에 기부할 수는 없다고 은근히 으스댄다. 그리고는 기부하겠다는 무료급식소와 장학재단과 어린이구호재단의 이름을 불러댄다. 과대망상은 변주된다. 그는 CIA에서 추적당하는 요주의 인물로 변신해 국가기밀을 얘기해주기도 한다. 이럴 때는 처음이라는 말이 꼭 들어간다. 이건 내가 처음 입 밖으로 내는 비밀인데 내가 가진 비밀문서가 말이에요……. 블랙리스트에 오른 인물은 여러 명이다. 이들은 햇빛 전화의 햇빛을 받을 자격이 모자라는 사람이다. 여자 상담사에게 음란한 얘기를 하는 사람들도 있다. 처음이면 우린 그런 전화 받지 않습니다 말하고 끊는다. 전화 걸 때마다 반복해서 음란한 말을 건네면 블랙리스트에 오른다. 경찰에 신고하겠다고 으르면 이들은 기겁해서 당장 전화를 끊는다.

누군가와 말하고 싶어 전화를 거는 사람도 있다. 어느 비 오는 날의 전화였다. 햇빛 전화입니다. 그 사람은 솔직하게 고백했다. 누군가와 그냥 말을 나누고 싶어 전화를 했습니다. 그래도 괜찮아요? 이렇게 먼저 양해를 구하는 사람 말은 오래 들어도 좋다. 나는 말한다. 오늘 같이하고 싶은 기분 좋은 일이 있었나요. 대화는 흘러가다가 제동이 걸리기도 하고 끊기기도 하며 때로는 엉뚱한 곳으로 가기도 한다. 얘기가 잘 풀리면 그 사람은 놀라운 생의 비밀을 전해주기도 한다. 이건 당신에게만 말하는 것인데… 라는 말은 필요 없다. 나는 그 사람의 이야기가 진실인지, 아니면 헛된 과장인지를 금방 알아차린다. 전화 상담을 오래 해보면 전화를 건 사람의 이미지가 떠오른다. 마르고 신경질적인 얼굴인지, 뚱뚱하고 눈썹이 짙으며 각진 얼굴인지, 까맣게 탄 피부에 근육으로 뭉친 상체인지가 떠올랐다. 그 사람이 전화를 거는 곳이 안방인지, 기름 냄새 배인 주방인지, 건물 옥상인지도 그려졌다. 그리고 알게 모르게 대화의 진실도 감별되었다.

나는 채아와도 상담했었다. 통화라고 해야 하나. 전소운이 딸 채아의 유서를 찢은 사건 후에 나는 상담실에서 채아의 전화를 받았다. 1년 6개월째 전소운과 통화를 하던 중의

하루였다. 채아는 내 이름을 묻고 아주머니 덕분에 자신이 편해졌다고 고마워했다. 예전에 미국 의과대학 출신 의사가 있는 소아청소년신경과에 다닐 때는 정말 죽는 줄 알았다니까요. 무슨 검사를 그렇게 많이 하는지, 게다가 말은 또 어찌나 어렵게 하는지. 간단하게 너 엄마 뭐가 마음에 안 들어, 물으면 될 것을 이렇게 저렇게 돌리고 돌려서 머리가 지끈지끈했어요.

나는 채아에게 말했다.

뭐라고 해도 네 엄마 아빠는 너를 사랑한단다.

알아요. 지긋지긋할 정도로 잘 알아요. 그래서 이제는 사랑을 끊어줬으면 좋겠어요. 남남처럼 지내면 모든 문제가 단숨에 풀려요. 왜 그걸 모를까요?

나는 채아를 만나기도 했다. 채아는 당돌하게 말했다. 밥 한번 먹어요. 상담자를 바깥에서 만나는 건 처음이었다. 상담사 수칙에서 금지하고 있기도 했다. 상담자들은 나약하고 도움이 필요한 존재로만 머무르지 않습니다. 상담자들은 순식간에 모습을 바꿔 무시무시한 존재로 돌변할 수 있어요. 상담사와 만남에 병적으로 집착할 수도 있고요. 상담실 바깥에서 만나는 건 위험을 자초하는 일이에요. 만날까 어쩔까 망설이는 건 채아도 비슷했을까. 채아는 광장의 동상 앞에 서 있으면 자신이 찾아가겠다고 말했다. 내 마음이 변할 수도 있어요. 십 분 기다려도 오지 않으면 그냥 가세요.

채아가 말한 밥은 매콤한 라면에 더 매콤한 떡볶이였다. 채아는 통통 튀고 발랄하며 에너지가 넘치는 아이였다. 옆에 있으면 마음이 그냥 밝아지는. 세상에 빛을 환히 던져주는. 초가을에 둘레길을 걸으면 채아 생각이 났다. 채아를 만난 지 한참 후의 어느 날이었다. 맨드라미가 피었고 그 길을 따라 무리 지은 코스모스가 흔들리는 시골길이었다. 하늘에는 가느다란 구름 몇 점이 경쾌하게 떠 있고 바람이 선선하게 부는 둑방 길을 걸으며 나는 갑자기 떠오른 채아 모습에 눈물이 솟았다. 눈물이 번져 뺨으로 흐르더니 울음이 터졌다. 나는 코스모스를 붙잡고 주저앉았고 코스모스 무리도 함께 무너졌다. 밭에서 고추를 따서 상자에 담던 할머니가 허리를 펴고 일어섰다. 같이 길을 걷던 친구가 물끄러미 나를 쳐다보다가 몸을 돌려 황금색으로 변하는 논을 보며 나를 기다려주었다.

햇빛 전화는 상담사로 일하려는 사람들에게 교육을 하곤 했다. 4주와 8주로 나뉜 교육은 상담학과에 다니거나 평생교육원에 다니는 사람, 일반인들이 들었다. 나도 한 번씩 강사로 나섰다. 나는 강의를 하면 처음에 비욘세의 노래 〈Listen〉을 틀었다. "당신이 들으려 하지 않으니까요." "들어봐요. 나는 갈림길에 홀로 서 있어요." 힘차게 뻗는 고음으로 상대방의 말을 듣는 힘과 자세를 강조하는 노래였다. 나는 노래를 소재로 사람이 듣는다는 것의 힘을 먼저 얘기했다.

전화기를 들고 얼굴이 보이지 않는 상대와 대화를 하는 건 만만찮은 작업임을 강조했다. 상식으로야 알고 있겠지만 직접 대화해 보면 많이 다르답니다.

교육을 하면서 상담 경험 없는 사람들에게 그럴듯하게 이야기할 때면 나는 과거의 채아로부터 제대로 이야기를 들었는지를 잊어먹곤 했다. 나는 그때 채아가 내민 손길을 막고서 나도 모르게 나 자신만의 독백에 취했는지도 모른다.

나는 상담 교육장에서 상담실의 모습도 다양하게 전해주었다. 상담실은 때로는 밤 12시 넘은 시각의 소란한 파출소였다. 술에 취해 전화를 건 사람은 뭔가 세상과 사람에 맺힌 한을 때로는 분노하며 때로는 울먹이며 쏟아냈다. 내가 그 언니를 전세금도 빼내서 도와주었는데 이렇게 원수로 갚다니요. 제가 그 사람과 동업을 했는데 일은 내가 다 했어요, 그런데 수익은 그 형님이 다 들고 갔어요. 그 시절 형님 집이 어려워서 제가 이해를 했습니다. 일 년 팔 개월을 그랬다니까요. 그런데 이제 와서 이 가게가 자기 것이라고 우기더니……. 상담실은 때로는 고해성사 장소로 변하기도 한다. 가슴속에 묻어둔 비밀이 비틀리며 자라서 등뼈를 뚫고 나오려고 하자 누구에게라도 말해야 할 지경에 이른 사람이 있다. 때로 그 비밀이란 게 작은 액수의 돈을 훔쳤다거나 거짓으로 핑계를 대고는 갔어야 할 곳에 가지 않았다는 것이기도 했고 때로는 밤의 골목길에서 시비가 붙어 사람을 몇 대때리고 떠났는데 다음 날 그 골목길에서 변사자가 나왔으며 소식을 들은 후에는 무서워서 그 사람의 정체를 확인하지 않았다는 섬뜩한 이야기도 있었다. 비밀을 말하는 사람의 목소리는 갑자기 조근조근해지거나 쩡쩡 울리는 큰소리로 돌변하기도 했다. 비밀을 털어놓고 속이 후련하다는 사람이 있는 반면에 어떤 사람은 며칠 전에 털어놓은 비밀을 제발 잊어달라고, 나는 그런 말을 절대 한 적이 없는 것으로 해달라고 여러 번 호소하는 사람도 있었다.

나는 상담교육을 받는 사람에게 진실의 힘을 얘기하곤 했다. 진정으로 그 사람의 처지에 공감하면 족하다고. 그때의 힘이 서로를 소통시킨다고. 그런 얘기를 할 때면 전소운과 오래 이어져온 전화가 생각나서 나는 움찔했다.

사흘 후 아침에 상담실에서 전소운의 전화를 받았다. 그녀는 밝은 목소리로 채아를 둘러싼 갈등이 끝났다고 말했다.

어떻게 끝났나요?

아이가 바라는 대로 하기로 했어요.

그럼 대학은 어떻게?

애니메이션학과는 많더라구요. 아이 성적이면 입학하기도 어렵지 않고요. 학교도 아이가 고르기로 했어요. 어디든지 골라서 갈 수 있을 것 같아요. 이렇게 될 줄 알았으면 공모전에 몇 곳 시험이라도 쳐볼 걸 그랬어요.

잘됐네요. 요즘은 공모전 수상을 입시에 반영하기 힘드니까 그건 염려하지 않아도 괜찮을 것 같아요. 남편은 어때요? 친척들 아이 진학 성적과 비교하진 않을까요?

그것도 잘 해결될 것 같아요. 남편이 화를 내면서 내가 잘못 키운 탓이라고 퍼부을 때는 어찌나 속이 상하던지…….

전소운은 속으로 울음을 삼키는가 하더니 마침내 흐느끼며 울었다. 나는 잠자코 기다렸다. 기다려야만 했다. 전소운은 울음을 정리하고 말했다.

선생님께 전화도 그만 드릴 거예요. 그동안 고마웠어요.

나는 담담하게 말했다.

별말씀을요. 언제라도 전화하셔도 좋아요.

나는 전소운이 끊은 전화기에 오래 귀를 대고 있었다. 웅성대는 소리가 들리기도 하고 전소운의 목소리 같은 환청이 들리는 것도 같았다. 어쨌든 이제 진정으로 끝났다. 나는 전화기를 내려놓고 상담실을 둘러보았다. 상담실 탁자와 커튼과 공책이 이상하게도 낯설어 보였다. 나는 일어서려다 기운이 쭉 빠져 도로 의자에 주저앉았다. 채아의 상담 건은 이제 정리되었다. 내 기억에서도 정리하는 수순을 밟아나가야 할 것이다. 채아를 둘러싼 전소운의 전화와 내 상담은 맞물려 돌아가고 있었다. 어느 한쪽이 먼저 끝을 내야만 끝나는 여정을 우리는 능청스럽게도 삼 년이나 끌고 온 것이다. 우리는 벌어진 상처 사이로 시뻘건 근육과 흰 뼈가 보이는데도 천연스럽게 아프지 않은 척 지내온 것이다. 채아라면 그런 작위를, 허위를 무엇보다 싫어했을 것이다.

전소운은 말했다. 사흘 전이 채아의 세 번째 기일이었다고. 나도 알고 있었다. 그날 나는 신열과 몸살이 났었다. 전소운은 옛날에 부모가 죽으면 삼년 상을 치르는 이유를 알겠다고 말했다. 삼 년이 흐르자 아리고 후회하는 마음이 옅어졌다고. 하지만 나는 더 진해졌다.

삼 년 전 나는 채아의 전화를 받았다. 같이 밥을 먹고 난 두 달 후쯤이었다. 나는 내게 전화할 때면 기분이 밝아진다는 채아의 말을 곧이곧대로 믿었다. 그날도 채아 목소리는 명랑했다. 나는 버스를 타고 있어 주변 소리에 처음에는 제대로 듣지 못했다. 날이 맑고 해가 쨍쨍해 너무 좋다는 채아의 말에 나도 모르게 버스 창문을 통해 하늘을 쳐다보았다.

바람이 거세다는 점만 빼고는 멋진 날씨예요. 선생님. 저 지금 산에 가요.

산에? 체험 학습이 있니?

제가 점찍어둔 절벽이 있거든요. 높고 바닥도 평평해요. 암벽을 타는 사람들도 보이는 곳이에요.

나는 웅웅거리는 버스 소음에 짜증을 내며 절벽이 뭐지라며 맥락을 찾고 있었다. 나는 갑자기 진실을 깨달았다.

채아야. 내가 산으로 바로 갈 테니 그 자리에서 그냥 쉬고 있어. 응. 알았지.

뭐, 이제부터 오래 쉴 텐데요. 선생님에게 전화하고 싶었어요. 마지막 전화로 엄마는 좀 그랬거든요.

그리고 전화는 툭 끊어졌다.

나는 정거장에 버스가 서자 뛰어내려 몇 군데 기관에 긴급 전화를 때렸다. 경찰에 신고하고 위치 추적도 부탁했다. 어디 절벽일까. 짐작 가는 곳이 있었다. 그러나 그런 시도들은 소용없었다. 바위를 오르던 암벽 등반가들이 먼저 신고를 한 것이다.

산에서 온 전화를 받은 이후로 삼 년이 지나갔다. 전소운의 이제 더는 상담하지 않겠다는 마지막 전화를 받은 날 나는 집에서 뒤숭숭한 잠에 시달렸다. 나는 전소운에게 채아의 마지막 전화를 내가 받았다고 말하지 못했다. 숨긴 것이 아니라 말할 수가 없었다. 이미 끝난 상처에 소금을 끼얹기까지 해서 뭐를 얻을까. 전소운도 그 당시 내가 채아와 가끔 통화를 한다는 사실을 알고 있었다. 나는 전소운에게는 채아의 마음과 이야기를 전해주고, 채아에게는 전소운의 이야기와 마음을 전해주는 통역자 겸 중개자의 역할을 자부했었다. 나는 그 중개의 끝에는 해피 엔딩이 기다린다는 어처구니없는 확신에 차서 나름 신이 났었다.

나는 채아가 준 나무늘보 인형을 가방에 달아두었다. 나무늘보는 긴 팔을 내 가방에 대고 있다. 느리고 느리게 나무에서 사는 나무늘보지만 내 가방에 붙어서는 어쩔 수 없이 빠르게 이동한다. 나는 나무늘보의 부드러운 털과 꼬리를 만져본다. 채아는 나무늘보 인형을 내게 왜 줬을까. 자기가 소중히 지닌 물건을 남에게 주는 것. 이것도 자살 경고 신호였을까. 자살자가 경고 신호를 내도 가족들은 신호의 의미를 모르며 알아도 심각성을 깨닫지 못한다고 한다. 채아는 내게 어떤 신호로 인형을 줬을까. 채아는 난공불락의 미로에 갇혀 자신의 의지가 아닌 미로 자체가 끄는 힘으로 끝까지 가버린 것은 아닐까.

가끔 나는 괴로워한다. 내가 상담사 역할을 잘했더라면. 그리고 더 잘할 수는 없었을까를. 어제 꿈에서 나는 채아가 아니라 전소운이 절벽에 서 있는 것을 보았다. 주 등산로에서 벗어나 사잇길로 조금 들어가 개발제한구역 시멘트 기둥이 박힌 곳으로 접어들면 탁 트인 절벽이 나타난다. 멀리 도로가 보이고 또 다른 산들이 겹쳐서 이어졌다. 나는 전소운이 절벽에서 뛰어내리려 시도하는 것을 온몸으로 막았다. 삼 년이나 지나서 왜 이러느냐고. 나는 꿈속에서 목소리를 높였다. 이건 올바른 말은 아니었다. 이 년 전이라면 이래도 되었단 말인가. 어쨌든 나는 전소운의 허리춤을 단단히 잡고 무서운 힘으로 그녀를 절벽에서 끌어내었다.

뒤숭숭한 꿈에서 깨어 거실에서 물을 반 잔 마시고 다시 잠에 들었다. 잠을 자두고 다음 날 일을 제대로 해야만 했다. 이번에 전소운은 나와 채아와 같이 손을 잡고 코스모스 핀 시골길을 걸어가고 있었다. 파란 하늘은 붓으로 그어놓은 구름 몇 가닥뿐이었다. 나는 꿈속에서도 이게 꿈이 아니어야 할 텐데 마음을 졸이며 함께 걸어가고 있었다. 채아가 죽은 작은 뱀을 발견했다. 길에서 경운기에 깔려 죽은 뱀이었다. 어찌 재수도 나쁘게 경운기가 지날 때 하필 길을 가로질러 갔을까? 우리 셋은 잠시 안타까워하고 다시 길을 걸었다. 우리는 정자에서 그 옆에 조성한 가족묘원을 바라보며 사과를 꺼내 깎았다. 가족 묘원 앞의 커다란 돌에 번성한 가계의 대표들이 묘원 조성 경위를 올려놓았다. 나는 묘원의 비석에서 채아의 이름을 발견했다. 73세. 나는 안도하며 비석을 손으로 쓸어보았다. 비석은 햇빛을 받아 온기를 전했고 채아도 내 옆에서 비석을 바라보며 까르르 웃고 있었다.

다음 날 상담실에 앉아 오래도록 그 꿈들을 되새김질했다. 전소운이 내게 늘 전화를 했다는 생각이 떠올랐다. 이제 마지막 전화가 끝났고 채아가 죽은 후에 삼 년이나 지속된 상황극도 막을 내렸다. 그런데 나는 전소운에게 전화를 걸고 싶은 득실득실 올라오는 욕망을 누르기 위해 용을 써야만 했다. 몸의 땀구멍에서 냄새 가득한 진액이 흘러나오는 것만 같았다. 하마터면 나는 전소운에게 전화를 걸 뻔했다. 태연하게, 뻔뻔스럽게 채아가 잘 지낸다니 다행이에요. 그래서인지 전화도 뜸하네요. 그래도 잘된 일이지 뭐예요 하면서

너스레를 놓을 뻔했다.

저녁이 되자 핏빛 어린 노을이 서쪽 하늘을 가득 메웠다. 노을은 잿빛으로 변하면서 천천히 스러졌다. 나는 멍하니 오래 노을을 지켜보았다. 그리고 상담 전화를 걸었다. 24시간 365일 생명존중과 자살예방에 힘쓰는 단체다. 나는 한숨을 쉬고 채아 이야기를 꺼냈다. 제가 상담을 맡았던 고등학생이 있었는데요. 자살하고 말았어요. 제가 상담을 잘못한 걸까요. 상담사는 찬찬히 차분하게 내 이야기를 들어주었다. 귀를 세우고 고개를 끄덕이는 모습이 그려졌다. 상담실에 앉아서 나는 가끔 이런 생각에 잠기기도 했다. 전화를 거는 상담자들은 기실 해법을 원하는 건 아니라고. 그들은 누군가에게 자신의 이야기를 털어놓고 싶을 뿐이라고. 이야기를 듣고 공감해주기를 바란다고. 나는 상담사의 차분한 응대에 왈칵 눈물을 쏟을 뻔했다. 이게 상담 단체에 거는 나의 마지막 전화여야 할 텐데. 나는 조바심을 치며 말을 이어나갔다.

정광모
소설가. 장편 『어둠의 연기법』 외 다수. 백신애 문학상 등 수상.
jmolaw@hanmail.net

X 현장-비평

조대영 비디오 아카이브
—흘러들고 넘쳐나며 또한 스며들기

장상은

#일비일비

'원초적 비디오본색 전'을 소개하는 아주 간단한 설명이다. 기쁨과 슬픔이 번갈아 일어난다는 '일희일비(一喜一悲)'가 아니라 '매일, 하루에 한 편'씩 비디오를 꼭 챙겨봐야 한다는 시네필들의 구호 같은 이 말은 해당 전시자료의 방대함을 품고 있기도 하다. 기획전 '원초적 비디오본색'은 지난 2022년 11월부터 국립아시아문화전당(ACC) 문화창조원에서 "일생동안 꼭 봐야 할, BUT 일일 1편씩 77년이 걸리는 비디오 컬렉션"을 표방하며 총 2만 5천여 개에 달하는 비디오테이프(VHS)를 선보였다. 장르별 · 연령별 · 감독별로 구분해 실제 감상이 가능한 것은 물론이고 비디오테이프 외에도 이른바 '비디오시대'의 명작으로 꼽히는 〈러브 레터(1999년, 감독 이와이 슌지)〉, 〈라붐 1(1980년, 감독 클로드 피노토)〉, 〈영웅본색(1987년, 감독 오우삼)〉, 〈비 오는 날의 수채화(1989년, 감독 곽재용)〉 등 4편은 실감 콘텐츠로 새롭게 재편집해 상영했으며 성인용 영화만 따로 모은 레드존(일명 '빨간 방') 등을 마련해 관객들의 발길을 사로잡았다. 당초 전시기간은 2022년 11월 23일부터 이듬해 2월 19일까지였으나 유례없이 뜨거운 관객반응으로 2023년 6월까지 연장되면서 ACC기획전시 사상 최장기 및 최다 관객을 맞은 전시로 기록됐다. 전시된 자료의 대부분은 조대영 개인의 아카이브를 통해 모습을 드러냈는데 그의 비디오 아카이브에 온 관객들은 기억의 발굴좌표를 비디오의 물성을 통해서 금세 발견했다. 비디오는 거기서 어떤 관객들에게는 기억을 불러일으키고, 어떤 사람들에겐 한 영화의 물성을 처음으로 경험하도록 해주는 장이 되었다. 비디오 아카이브는 사람들의 집단적 기억을 불러오거나 새롭게 구성했던 것이다.

비디오테이프 수집광의 탄생

2015년 방영되었던 tvN의 금토드라마 〈응답하라 1988〉의 12회에는 최택(박보검 분)의 바둑대국 전날 성인용 비디오를 빌려온 동룡(이동휘 분)의 모습이 등장한다. 자신들만의 오롯한 감상공간이 될 좁은 방안에서 '그것'의 실체를 확인할 기대감도 잠시, 방문을 벌컥 열고 들어온 덕선(혜리)이 어른들에게 고하겠다며 윽박지르고 곧장 내용을 확인한다. 그런데 브라운관 화면에서는 기대했던 성인물이 아니라 엉뚱하게도 전 국민을 '전부~ 노래 잘함'으로 이끌었던 '전국노래자랑'이 재생되어 비디오세대 시청자들의 공감 섞인 웃음을 터트리게 했다. 드라마 제목에 붙은 숫자에서도 드러나듯이 88서울올림픽 이후 1990년대 초까지는 누구든 안방에 앉아서 원하는 영화를 골라보는 것이 가능해지기 시작했다. 각 가정에 300만 대 이상의 VCR이 보급되면서 전국적으로 비디오대여점이 호황을 이뤘다. 공중파 방송에서도 MBC 〈출발! 비디오 여행〉이나 EBS 〈시네마천국〉 등 영화비디오 정보프로그램이 편성됐고 무가지 잡지와 월간지가 등장해 대여용 비디오테이프 간택(?)을 돕기도 했다. 그러나 그것도 한때로, 급격히 늘어난 비디오가게 점포 수에 대여가격 할인 경쟁 등이 붙으면서 수익성은 급격히 낮아졌고 여기에 위성방송과 케이블 TV 등 다양한 매체와 채널이 등장하면서 줄줄이 폐업하는 가게들이 생기기 시작했다.

'원초적 비디오본색 전'을 통해 자신의 소장 비디오 중 일부를 세상에 내보인 조대영이 추억의 매개물이자 기록물로서의 가치를 기대하며 비디오테이프를 모으기 시작한 것도 바로 이즈음이다. 방위병으로 복무하던 시절 '굿 펠라스'라는 예술영화 동호회를 시작해 광주 시네마떼끄 운동을 개척하기도 한 그는 2001년부터 2006년까지 직접 비디오

판매점을 운영했는데 폐업하는 비디오가게들을 정리해주고 용달차에 실어 온 비디오를 판매하면서 그저 산업 쓰레기로 폐기될 위기에 놓인 테이프들을 선별해가며 수집하기 시작한 것이다. 특히 강혜정(영화사 '외유내강' 대표)이 활동했던 서울 혜화동의 시네마떼끄 '영화세상'이 정리될 때 그 비디오테이프를 통째로 인수하기도 했는데[1] 조대영은 비디오 매체의 흥망성쇠의 역사가 그 안에 그대로 스며들어 있기라도 하는 양 그것들을 구분하고 수집 · 정리하기 시작했던 것이다. 스스로를 '천생 영화인'이라고 강조하는 그는 영화라는 물성 자체를 한 손에 잡을 수 있는 비디오테이프에 매료돼 현재까지 총 5만여 점을 수집 보관해왔고 이는 공중파 방송 프로그램을 통해 소식을 접한 한 학예연구관의 제안으로 비로소 낡고 오래된 임대 창고에서 나와 그 본연의 기능에 충실하도록 잠시나마 빛을 쬐일 수 있었다. '원초적 비디오본색 전'의 비디오테이프 하나하나는 한 영화의 배급과 유통 시스템이나 유행을 벗어난 '사물'이었고 이 사물들이 방대하게 모인 아카이브에 방문한 이들은 누구나 영화문화 공동체의 '집단기억'에 접근하고, 시대적 '공공기억'을 확인하거나 또는 스스로 자신만의 새로운 비디오-역사를 만들

1 "화려했던 전시회 이후, 이 비디오는 어디로 가야할까", 〈오마이뉴스〉, 2023.6.29.

수 있었다.

〈킴스 비디오〉와 봉준호

선댄스, 트라이베카, 텔루라이드 영화제 등에 이어 제24회 전주국제영화제 화제작으로도 꼽히는 〈킴스 비디오〉는 1980년대 중반 뉴욕 한복판에 등장해 수많은 시네필들에게 성지로 기억되는 대여점 '킴스 비디오'의 이야기를 담았다. 국내에서의 비디오 시대가 그러했듯이 1980년대 중반 문을 연 이래 2000년대 초까지 11개의 지점, 25만 명에 달하는 멤버십 회원을 둘 정도로 성업했고 쿠엔틴 타란티노와 스파이크 리, 마틴 스콜세지, 코언 형제 등 '믿고 보는' 유명 감독들도 문턱이 닳게 드나들던 곳이었으나 비디오 시대가 저물면서 2008년 폐업을 결정한다. 매장을 가득 채웠던 비디오테이프들은 각처에 기증되면서 뿔뿔이 흩어졌는데 이곳의 단골이었던 두 감독 데이비드 레드먼과 애슐리 사빈은 그중에서도 가장 규모가 컸던 '몬도 킴' 지점의 5만 5000여 개의 소장품 행방을 다큐멘터리를 통해 추적한다. 이탈리아 시칠리아의 소도시 살레미로 보내졌으나 적절히 사용되지 못한 채 창고에 방치됐던 DVD와 VHS는 각고의 노력 끝에 다시 뉴욕으로 돌아오고 2022년 3월에는 킴스 비디오를 재개장하기에 이른다.

킴스 비디오의 '킴' 김용만 대표에 의하면 대여점을 드나들던 많은 영화광들은 서로를 '필름 밥(Film Bob)'이라 부르며 교류했고 특히 구하기 힘든 동구권 영화 등 여러 나라들의 작품들을 미국 시스템에 맞게 변환 · 복제해가며 전파(?)해, 이른바 해적판 판매대는 연방수사국의 급습을 받고 대형 배급사와 법적 대응을 벌이는 일도 있었다. 여러 사건과 역사를 품은 킴스비디오의 이야기는 2023년에야 영화화되었다. 수많은 영화화 요청에도 불구하고 지난 시간을 '그저 지난 것'으로 머물게 두려 했던 김용만 대표를 설득했던 두 감독의 노력은 총 6년의 기간에 걸친 다큐멘터리로 완성됐는데, 이미 사라졌지만 절대로 사라지지 않을 비디오 시대에 대한 진한 애정과 여전한 영향력을 확인할 수 있는 부분이기도 하다. 무단 복제에 법적대응까지 감수하며 손에 넣은 희귀작품으로 관객의 '볼 권리'를 강조하며, 숨은 걸작을 소개한다는 자부심으로 운영됐던 킴스 비디오는 단순한 대여점이 아닌 시네필과 영화 학도들의 아지트이며 뉴욕의 대표 문화명소로 자리했던 것이다.

영화감독이자 작가, 프로듀서이면서 배우로도 활동하는 쿠엔틴 타란티노도 "영화를 배우려면 영화학교 대신 킴스 비디오"에 가면 된다고 할 정도였는데 "12살 나이에 영화감독이 되기로 마음먹었던, 되게 소심하고 어리숙한 영화광"이었다고 자신을 소개하는 감독 봉준호 역시 스스로를 비디오테이프를 통한 시네필 첫 세대라고 강조한다(지금으로부터 30여 년 전 봉준호 감독을 포함한 동료 시네필들의 시대를 돌아보는 다큐멘터리 〈노란문: 세기말 시네필 다이어리〉(2023)는 아이러니하게도—또는 요즘의 응당한 추세에 맞춰—OTT서비스를 통해 공개되지만). 또한 현재 한국의 영화계를 이끌고 있는 김지운 · 류승완 · 최동훈 등 여러 감독들과 중견배우들이 1990년대에 비디오를 녹화해 상영하던 비디오테크를 통해 영화적 어법을 분석하고 토론하며 영화를 보다 잘 배울 수 있었음은 두말할 나위도 없다.

비디오문화와 〈광주비디오〉

'원초적 비디오본색'의 공동기획자인 한재섭(그 역시 비디오키즈이며 지역의 영화계를 이끌어가는 광주의 시네필이다)은 광주영화비평지 〈씬1980〉을 통해 광주의 영화운동을 구성한다는 것이 '비디오꼬뮌들의 연대기'가 될 수 있음을 강조한다. 그도 그럴 것이 광주민중항쟁기간 동안 영상과 사진을 담는 카메라는 철저히 일부 제한된 기자들에게만 허용된 매체였으며 항쟁 이후 신군부에 의해 외신기자들이 제작한 영상이나 관련 사진들까지 검열하는 치밀함 속에서도 그것이 끈끈한 연대와 사명감을 가지고 널리 퍼져나갔기 때문이다. 광주민중항쟁이 있었던 다음 해 미국에서 시작해 국내 종교계를 중심으로 전파된 〈광주비디오〉의 중요 영상은 세간에 총 7편만이 알려져 있는데 '오 광주!', '오월 광주', '원한의 땅 광주는 고발한다', '피의 항쟁의 기록', '기로에 선 한국', '계엄령 하의 한국', '오월 그날이 다시 오면' 등이다. 신군부의 삼엄한 감시를 피해 탄생한 이 영상기록물들의 제작과 유통과정은 첩보전을 방불케 했는데 미국 · 일본 · 독일을 거쳐 밀반입한 후 증폭기를 이용해 밤새 복사본을 만들어 전국으로 전해졌다. 1980년 내내 광주뿐 아니라 전국적으로 당시 어떤 대형 상업영화보다 시민들의 지지와 호응을 얻어냈던 〈광주비디오〉는 광주민중항쟁을 알리기 위해 당시 시민들이 직접 영상물을 제작 · 전파한 민주화운동의 기념비적인 사례로, 진실의 기록이라는 영화의 힘을 가장 정직하고 이상적으로 실천한 영화운동이었다. 1985년 광주비디오는 명동성당과 고려대 석탑축체에서 상영되는 등 전국으로 확산되었다. 이는 적어도 한국독립영화의 역사가 개인적 취향과 감수성으로서의 선택과 작용을 넘어 대중과 공공의 시간을 기억하고 기록하는 영화보기(또는 영화'하기')가 되었음을 증명한다. 게다가 이런 주체적이고 자발적 활동은 1990년대 광주의 문화운동으로 이어진다.

세계영화사의 정전들도 일본영화도 수입금지 되었던 시절 유학과 해외여행 등을 통해 들여온 비디오를 복사, 자막

제작과 상영회로 문화적 정치적 감수성의 혁명을 일으켰던 진원지가 시네마떼끄였다. 시네마떼끄는 음반 및 비디오물에 관한 법률(음비법)의 사전심의와 검열 철폐, 노동 인권 여성 성소수자 등을 둘러싼 사회적 의제들에 침묵하지 않았고, 무엇보다 영화를 즉물적이고 상업적인 소비대상이 아닌 다른 가능성으로 나아가려는 주체적 실천행위와 운동으로 접근하였다. 하지만 시네마떼끄는 1980년대와 다르게 조직화된 정치구호 아래 모여든 균질적인 집단이 아닌 문화적 취향과 습속들을 나누며 각자의 정체성을 대놓고 커밍아웃하는 비균질적인 집단들이었다. 시네마떼끄는 1990년대 이전에 통용되던 기존의 정체성에 포획되지 않은 자들이 서로의 정체성을 확인-인증-하며 일시적으로 만들어낸 자율공간이었던 셈이다.

—한재섭, 광주영화비평지 〈씬1980〉

1980년 광주민중항쟁 이후 장르별로 분산되어 활동을 하던 문화운동 단체들은 1984년 '민중문화연구회(대표실행위원 김선출)'를 결성하였고 민중문화 운동 중 영상분야를 담당한 것은 전남대학교 영상패 '아리랑'이었다. 일제강점기 민족영화인 나운규의 〈아리랑〉과 같은 이름을 선택한 이들은 8mm 영상제작 장비를 갖추고 극영화 제작을 시도하는 한편 비디오 액티비즘을 펼쳤는데 1990년 4월 13일 전남대에서 〈파업전야〉(1990, 장동홍 이재구 장윤현/제작 장산곶매)의 상영을 막기 위해 헬리콥터가 투입되고 전투경찰들이 학내 진입을 위해 대학의 정문을 뜯어버리는 초유의 사태까지 발생하면서 거대한 비디오꼬뮌의 결속과 파급력을 역설적으로 증명하기도 했다.

그리고 지금에 이르기까지

1990년대 들어서는 영화를 함께 보고 토론하는 시네필이 등장하기 시작했고 1991년에는 조대영을 중심으로 영화동호회 '굿펠라스'가 결성되었다. 이들은 1995년부터 '시네마떼끄 필름리뷰' 등을 창립하는데 당시 시네마떼끄를 표방하던 전국의 여느 단체들처럼 수입이 금지되거나 국내에서는 개봉되지 않은 작품들을 필름이 아닌 비디오로 상영하였다. 고전이나 예술, 실험영화들을 함께 보고 이야기 나누는 것으로 마니아층이 형성되기 시작했고 특히 오월주간에는 오월영화제를 개최하기도 하면서 영화광 시대의 비디오꼬뮌들은 80년대 정치 중심의 문화운동과는 또 다른 영상문화의 결을 만들어 낸 것이다.

비슷한 시기 서울에서는 독립영화와 독립 다큐멘터리 제작이 활발히 이루어지면서 단편영화제 등이 개최되기 시작했으나 광주에서 인권영화제가 시작된 것은 1996년부터

이다. 초기에는 서울영화제의 순회 상영회로 진행되었지만 5회에 이르러서는 독자적으로 개최하기 시작했고 2000년대에 이르러서는 창 · 제작을 포함한 영화문화를 향유하는 지역의 영화인들이 양적 · 질적으로 성장하면서 다양한 영상창작그룹이 조직되었고 퍼블릭엑세스를 활용한 시민영상제가 전개되는 등 영상 액티비즘이 활발히 진행되었다. 또한 다양성을 기반으로 한 국제영화제 개최를 위한 노력들이 꾸준히 이어졌는데 이 모든 과정들이 1980년 광주비디오를 자양분 삼았다는 것은 결코 논리적 비약이 아닐 것이다.

잠깐 REWIND(◀◀), 그리고 DECK B : 〈모모〉

수많은 시네필들을 키워낸(?) 비디오시대의 비디오테이프들이 불법 복제되어 더욱 널리 전파된 해적판, 이른바 '빽판'이라고 한다면 이와 비슷한 경우는 다른 장르인 음악에도 존재한다. 1960년대 후반부터 1970년대 사이 서유럽과 미국 대중음악계에서는 본격적으로 작가의식을 담은 LP음반들이 생산되었는데 해외 음반 공급은 원활하지 않았고 사전심의와 검열 등으로 인해 수입되지 못하는 것들도 많아 '어둠의 경로'를 찾는 이들이 많았다. 때문에 한국의 대중음악은 합법적인 과정을 거친 음반시장보다는 유흥업소 등의 공연무대나 지역의 언더그라운드 문화로 형성되고 있었다. 그나

마 당시 대중음악을 이끌던 많은 음악가들이 '대마초 파동(1975)'으로 활동정지 상태에 이르게 되면서 전국적으로(아니, 몇몇의 지역에서 제각각 독립적으로) 열리기 시작한 대학가요제가 폭발적인 인기를 얻게 되었다. 당시만 해도 청년층을 주요 고객으로 삼는 음악감상실이 성업했고 전문 DJ의 설명에 더한 집단 청취문화는 종종 현장성을 가미한 라이브 무대를 동반하면서 지역 청년들의 음악문화를 형성하고 있었다. 이 음악감상실은 소규모 LP아카이빙과도 같았고, 이 안에는 대중의 '들을 권리'를 반영한 불법복제 LP들이 존재하고 있음은 물론이었다. 이와 맞물린 대학 캠퍼스의 노래문화는 대학가요제를 기폭제로 삼으면서 새로운 음악들을 탄생시킨 것이다.

1971년 4월 24일 광주에서 개국한 전일방송(Voice Of Chunil)은 전남 지역 최초의 민간 방송사로서 MBC대학가요제가 열린 이듬해인 1978년 개국 7주년을 맞아 VOC대학가요제를 개최하였다. 이 대회에는 광주와 전남·북 지역까지 포함해 23개 대학에서 총 42개 팀이 예선을 거쳐 21개 팀이 본선에 진출했으며 대상의 영예는 〈모모〉를 부른 김만준이 차지했다.

모모는 철부지 모모는 무지개
모모는 생을 쫓아가는 시계바늘이다

모모는 방랑자
모모는 외로운 그림자
너무 기뻐서 박수를 치듯이 날개짓하며
날아가는 니스의 새들이 꿈꾸는 모모는 환상가
그런데 왜 모모 앞에 있는 생은 행복한가
인간은 사랑 없이 살 수 없다는 것을
모모는 잘 알고 있기 때문이다

—박철홍 작곡, 김만준 노래, 〈모모〉 가사 전문

대회 직후 대상곡인 〈모모〉는 기성 인기곡들을 더해 컴필레이션 음반 형식으로 발매되었는데 전일방송은 자사의 가요제를 통해 배출된 가수와 노래를 지역방송을 통해 보다 적극적으로 소개하였고 음반 발매 이후 지역 내 음악감상실 네트워크를 통해서도 확대 재생산되면서 전일방송뿐만 아니라 타 방송사들의 단골 신청곡으로 등장, 전국 방방곡곡에서 들리는(심지어 같은 이름을 내건 각기 다른 종류의 가게들이 등장할 정도로) 공전의 히트곡이 되었다.

'광주발 전국 히트곡'의 탄생과 '대학가요'의 종언

'광주발(지역발) 전국 히트곡'의 탄생은 당연히 두 번째 대회에 대한 관심으로 이어졌는데 제2회 VOC대학가요제의 대상은 황순원의 단편소설을 그대로 노랫말에 담은 〈소나기〉로, 당시 전남대에 재학 중이던 김종률 · 박현희 · 손남승이 차지했다(후에 김종률은 광주민중항쟁의 상징과도 같은 노래 〈님을 위한 행진곡〉을 썼다). 또한 1980년 4월 열린 제3회 VOC대학가요제에서는 조선대학교 미술대학에 재학 중이던 하성관이 〈빙빙빙〉으로 대상을 수상하고 이 또한 1981년 KBS 〈가요 TOP10〉 연말 결선에서 2위에 오를 만큼 큰 인기를 얻었다. 하지만 그해 5월 광주민중항쟁을 무력으로 진압한 신군부 정권은 지역 언론을 통제하고자 강제적인 언론 통폐합 조치를 강행했고 1980년 11월 30일 자정을 기점으로 방송국과 함께 VOC대학가요제의 역사 또한 단 3년 만에 허무하게 막을 내리고 만다. 당시 MBC 대학가요제와 더불어 인기가 있던 TBC(동양방송) 해변가요제 또한 1978년에 시작해 한 차례 이름을 바꾼 뒤 총 3회 대회까지 열렸는데 '라이너스'의 〈연〉, '라스트포인트'의 〈예전엔 미처 몰랐어요〉, '로커스트'의 〈하늘색 꿈〉, '옥슨80'의 〈불놀이야〉, '건아들'의 〈젊은 미소〉에 이르기까지 매년 메가 히트곡들을 생산하면서 대학생 록밴드 문화를 선도했으나 권력에 의한 중앙집중형 통제를 목적으로 한 신군부 정권에 의해 강제로 막을 내린 것이다.

1981년 5월에는 1년 전 광주의 참상을 잊고 새 출발을 하자는 뜻으로 전두환 신권부 정권이 기획한 관제축제 '국풍81'이 개최되면서 '젊은이의 가요제' 또한 열렸지만 차곡차곡 쌓아진 지역의 문화적 역량과 자발적 동력을 배제한 축제는 이전 대학가요제들의 맥을 이어가기 역부족이었다(이것은 첫 대회이자 마지막 대회가 되었다).

'경계 영역'이 만들어낸 힘

20세기 신자유주의에 입각한 선형적인 경제성장은 중심-주변의 이분법적 구조에서 대립 혹은 종속과 같은 위계를 강화하지만 '중심'적인 것이 주변의 많은 것들을 폭넓게 수용하지 못함은 명백한 한계로 드러나고 있다. 도대체 어느 자리, 어느 위치를 선점한 이가 그것의 기준점을 잡고 경계를 지으며 구별짓기를 하였는지를 좀 더 깊이 성찰하는 노력은 반드시 필요하다(지역이 서울의 반대급부 또는 그 변두리에 위치한 '지방'이라는 인식은 말 그대로 '촌스럽다'). 체계적 논리와 합리적 보편성을 추구하는 과정에서 또 다른 중심주의를 형성해 온 근대적 구조의 담론에서 벗어나기 위한 시도로 지역적 삶을 조명하는 것은 하나의 방법이며 최선의 노력일 수 있다. 중심 혹은 중앙을 향한 구심력은 우리의 삶이 처하고 있는 각자의 위치를 주변화 하지만 제한적이나마 자율성을 갖추고 성장한 지역문화의 여러 장면들은 지역횡단적인, 다시 말해 탈중심화된 보편성을 여실히 증명하고 있기 때문이다.

20~30년 동안 잠시 등장하고 사라진 VHS의 유산은 기술과 매체의 다변화로 오래된 것, 낡은 것이 되었지만 그를 통해 월경한 비디오테이프는 기능적 물성 이상의 의미를 지닐 수밖에 없다. 비디오테이프는 영상 시장뿐만 아니라 개개인의 역사 안에 여전히 존재하고 있음은 물론이고 '관계적' 이미지 속에서 '화면' 내 · 외부와의 연결을 피할 수 없다는 것이다. 30만 편의 컬렉션을 보유하고 영화 거장들의 아지트로 자리했던 '킴스 비디오'가 단지 대여의 기능을 하는 점포로만 기능하지 않았으며 약 5만여 장의 비디오테이프 수집과 전시로 관객들의 추억을 일깨운 '원초적 비디오본색 전'의 조대영의 컬렉션이 단순히 메가 히트를 기록한 특별전으로만 기억되지 않을 것이라는 것은 명백하다. 광주비디오의 '유통'만 생각해봐도 그러하다. 이건 광주비디오에만 한정되는 것은 아니다. 극장과 극장의 연혁, 상영체제, 홍보, 주관객층, 극장이 있는 지리적 분위기, 영화제도 등등 지역 내 · 외부의 헤아릴 수 없는 관계망을 통해 영화는 경험되기 때문이다. 또한 1970년대 후반 이후 주류 방송과는 일정한 거리를 두면서도 지역의 공간들과 접촉하며 자발적이며 자율적으로 형성되어 이른바 '주류 음악'이 된 광주발 전국히트곡들 역시 그러하다. 굳이 어느 장르를 한정할 필요도 없겠다.

트랜스로컬과 문화적 상상력은 외부로부터 오는 권위주

의적 요구나 상업적 성공에 대한 압박에 크게 좌우되지 않고 자발성과 자율성을 통해 전진하고 진보하는 것을 통해 가능해 보인다. 마치 '정치는 생물'이라고 하는 것처럼 지역의 문화 또한 마치 생태환경과도 같아서 다양한 주체와 객체 그리고 경계를 허물고자 하는 작은 접점들과 지역의 환경이 적절한 조화를 이룰 때 그야말로 자기'중심적'으로 풍부한 의미를 갖고 그 경계의 영역을 '흘러들고 넘쳐나며 또한 스며들' 수 있지 않을까. '보통'이면서도 '특별한' 우리(지방이 아닌 지역)의 삶과 문화는 늘 그렇게 사이와 사이를 잇고 틈을 메우면서 새로운 것들을 이루어내고 있기 때문이다.

> "여러 역사(Les histories)를 지지하는 것",
>
> 여러 역사를 아우를 수 있는 한 역사(L'historie)를 구상한다는 것은 각자가 자기의 역사적 · 사회적 소여를 이용해 능동적 주체가 되는 과정을 보여주고자 한다는 것이다.
>
> —아를레트 파르주, 『아카이브 취향』 중

장상은

전남대학교 대학원 박사과정(문화학)을 수료했다. 현재 방송작가로 활동하고 있으며, 지역의 문화자원을 기반으로 한 연구 · 기획 · 연출에 참여하고 있다. 공저로 『모모는 철부지』 『지역의 재발견 : 사람과 공간』 등이 있다.

ham903@naver.com

Ⅱ 작가론

'영천'을 무대로 한 하근찬 작품의 숨은 이야기

이중기

1. 그 '외나무다리'는 어디에 있었던 것일까

우리 소설 중에서 세계 모든 언어로 번역된 작품이 있다. 그게 어떤 작품일까? 만약 당신이 이 질문 앞에 세워졌다면 어떤 표정을 짓겠는가? 난감할 것이다. 그래서 생뚱맞은 이 말은 당신을 향한 질문이 아니다. 다리 하나가 없어 목발을 짚은 젊은이가 외나무다리 앞에서 난감해 할 때, 팔 한쪽이 없는 늙은 사내가 등짝을 내미는 그 소설을 어떻게 떠올릴 수 있겠는가. 한마디만 더 하자. 그 소설이 딱 두 나라에서만 읽히지 않는다. 어딜까? 2011년 늦은 가을 영천, 한 여인이 말했다. 쿠바! 북한! 이 모든 말은 분명 그이의 남편 하근찬에게 들었을 터.

그래서 그런 건 아니겠지만 「수난이대」로만 수렴되는 작가, '교과서 문학 작가'로 일컬어지는 하근찬이야말로 불행한 작가가 아닐 수 없다. 「수난이대」는 중등교과서들이 가장 많이 호명한 작품이고, 또 과거 출판시장으로부터 끊임없이 소환당하면서 수없이 고쳐진 소설이다. 폄하하려는 게 아니다. 인터넷에서 하근찬을 불러내면 온통 '수난 2대'의 난바다가 펼쳐진다. 어쩌면 하근찬이라는 작가가 「수난이대」로만 수렴되는 건 분단국가라는 상징성 때문이고, 그래서 작가는 명부(冥府)에서조차 등단작의 굴레로부터 벗어나지 못하는 게 아닌가 하는 안쓰러움이 앞선다. 어쩔 수 없는 이 불편한 진실 앞에서도 「수난이대」를 옹호하지 않을 수 없다. 어쩌면 그건 하근찬 작품에 대한 짧은 안목 때문일지도 모르겠다. 한국전쟁의 상처가 치유되지 못한 채 상이용사 쇠갈고리 손들이 민중을 위협하던 1957년 「수난이대」로부터 민주화가 이루어진 2002년의 「헌책에서 대전집으로」까지, 45년 동안 이어진 작가의 큰 작업을 살펴볼 때, 하근찬의 단편 미학은 실로 우뚝하지 않던가. 그래서 주구장창 「수난이대」만 대표작으로 내세우는 세태는 작가에 대한 예의가 아니며 올바른 평가도 아닐 것이다.

「수난이대」는 굳이 줄거리를 설명할 필요가 없는 작품이다. 워낙에 많은 사람들이 읽었고, 하근찬 하면 대번에 떠올리는 것이 그 소설 아닌가. 그래서 오히려 식상해버린 작품일지도 모른다는 생각이 들기도 한다. 김소월의 「진달래꽃」처럼 유치해져 버릴 위험성도 지니고 있을지 모른다. 이 말은 객관이 아니라 주관이다.

경상북도 영천군 영천읍 교촌동 251번지. 이 문장은 한국문학사에 고딕으로 새겨놓아도 좋다. 지금은 사라진 영천극장 바로 옆, 공동수도가 있던 곳. 1956년 12월 어느 날, 바로 그 집에서 하근찬은 「수난이대」에 마침표를 찍었다. 그 집이 몇 년 전 도시계획에 의해 헐려나갔다. 「수난이대」의 산실이 사라진 것이다. 그래도 우리는 기억해야 한다. 영천군 영천읍 교촌동 251번지. 그 집은 '용머리재'라 불러도 손색이 없을 마현산 자락에 있었다. 정수장이 있어서 '수도산'이라 불렀고, 70년대에는 '꽃동산'으로도 불렸던 그 마현산 자락에서 문학청년 하근찬은 「혈육」(「기아선상에서」로 개제)과 「메뚜기」(「온혈적」으로 개작 · 개제 추정)를 습작하며 문장을 단련했다.

1956년 12월 30일 하근찬은 교촌동 그 집에서 머지않은 성내동 197번지에다 신혼살림 솥단지를 건다. 이 신혼집은 아내 이종순이 기왕에 살고 있던 자취집이었을 것으로 짐작된다. 그 신혼집에서 「낙뢰」, 「육식동물」(「이지러진 입」으로 개제 후 재발표)을 썼다.

하근찬이 「수난이대」를 착상하게 된 것은 1956년 가을이었다. 영천과 부산의 동아대학교를 오가던 동해남부선 삼등열차 속에서였다고 한다. 먼저 기차 속에서 "우리가 누굴 위해 이렇게 됐는지 모르갔수?" 하면서 쇠갈고리 손으로 물건을 강매하는 숱한 상이용사들에게 시달리며 주제를 얻었고, 그 기차 안에서 읽은 한 기행문에서 「수난이대」를 구상하게 되었다는 것이다. 유럽을 다녀와서 썼다는 기행문의 신기료장수 이야기는 작가에게 신선하게 다가왔다. 기행문의 저자는 유럽에서 구두 수선을 했다는데, 제1차 세계대전에서 다리 한쪽을 잃은 그 신기료장수는 2차 대전에서 아들을 잃었다는 것이었다. "옳지, 바로 이것이구나 싶었다. 이것이야말로 바로 우리의 경우에도 딱 들어맞는 이야기가 아닌가. 이대에 걸친 수난"은 우리와 너무나 닮았다고 하근찬은 「상이군인에서 얻은 영감과 외나무다리의 결합」(『소설, 나는 이렇게 썼다』, 평민사, 1999)에서 말하고 있다. 이와 같은 내용은 「수난이대, 산에 들에」(『내 안에 내가 있다』, 엔터, 1997) 라는 산문에서도 반복되고 있다.

또 다른 이야길 하나 덧붙인다면 이런 것이겠다. 약혼한 지 3년, 처가 쪽에서 독촉이 빗발쳤지만 그는 아직 스물여섯 늦깎이 대학생 신분이었다. 결혼은 해야 하는데 돈이 없었다. 약혼자가 학비를 보태 주던 처지였다. 처가 쪽에서 결혼 날짜를 잡은 것이 1956년 12월 27일이었다. 하근찬은 결혼을 할 수밖에 없었고, 그전에 반드시 마침표를 찍어야만 할 일이 있었다. 신춘문예 응모작을 완성하는 것이었다. 그래서 어머니에게 이런 부탁을 했다는데, 산문 「은혼식의 고개에서」(『내 안에 내가 있다』, 엔터, 1997)와 단편 「서울 개구리」

의 표현을 빌리자면 이런 대화였겠다. "어무이 5만 원만 좀 빌려오이소." "우예 갚을라카노?" "글 써서 상금 받아 갚겠심더." "……?" 이런 돈키호테 같은 발언에 그 어머닌 얼마나 황당했겠는가.

그러나 어머니가 5만 원을 빌려와 결혼을 한다. 경주에서의 결혼식 3일 만에 신부와 함께 신혼집으로 돌아와 하룻밤을 보낸 그 이튿날 아침, 전보 한 통이 날아왔다. "축 당선, 사진과 소감 급송 요망. 한국일보 문화부(「은혼식의 고개에서」)." 그때 쓴 작품을 눈 밝은 박화성과 백철이 낙점했으니 「수난이대」였다.

전장으로 갔던 아들이 돌아온다는 연락에 박만도가 용머리재를 넘어 기차역까지 가는 도정의 이 공간은 어디일까? 지금까지 많은 연구자들이 그 공간을 가상이 아닌 실제의 '영천'으로 읽어왔다. 심지어 김동혁은 「'문학적 공간'의 분석을 통한 '지리적 공간'의 재구성」에서 "「수난이대」 속에 드러나는 '문학적 공간'의 분석을 통해 작품의 현실적 배경이 되는 '지리적 공간'을 재구성하고, 작품 속 인물의 동선에 따른 '지리적 공간'을 도식화해 약도로 제작"하기까지 했다. 그러니까 김동혁은 영천향교 용마루 위로 솟아오른 마현산을 용머리재로 설정한 뒤, 그 너머 마을 '화룡동'에서 박만도가 마현산을 넘고, 금호강 지류인 남천(南川)의 외나무다리를 건너, 완산동 장터에 들렀다가 역으로 가는 지도를 제작한 것이다.

영천의 실제 공간과 김동혁이 제작한 지도는 「수난이대」 공간과 흡사하다. 그러나 하근찬은 어디에서도 그 공간이 영천이라고 발언한 적이 없다. 「외갓집 추억 진한 '이바구꾼'」(『작가가 쓴 작가의 고향』, 조선일보사, 1987)을 한번 따라가 보자. "영천을 떠나 대구로 향한 것은 뉘엿뉘엿 해가 기울어질 무렵 (……) 하양에서 얼마 안 되는 곳에 강이 흐르고 있는데, 그 강에 옛날에 외나무다리가 걸려 있었고, 나룻배가 떠 있기도 (……) 외나무다리는 나의 처녀작인 「수난이대」에 나오고, 나룻배는 초기작인 「나룻배 이야기」의 소재가 되었었다."

하근찬의 이 발언은 좀 엉뚱하다. "외나무다리는 나의 처녀작인 「수난이대」에 나오고" 라는 표현은 그곳이 「수난이대」 무대가 아니라는 것, 단지 "소재"로만 가져왔다는 것이다. 하근찬이 「외갓집 추억 진한 '이바구꾼'」을 쓰기 전, 영천을 다녀간 때가 1987년 여름이었다. 중앙일보사에서 재발행한 『야호』 화보에 사용할 사진을 찍기 위해 기자와 함께 내려왔었다. 그때 작가가 들른 곳은 경산시 하양읍에서 대구 쪽으로 멀지 않은 속칭 '물띠미'라는 곳이다. 금호강 바로 위에 대구선 철길이 있고, 철길에 잇댄 가파른 비탈 위로 산을 헐어 뚫은 4번국도 옆에 매운탕집이 있었던, 지금의 국군

대구병원이 있는 은호리 마을이다.

이 '물띠미' 공간은 그러나 작품 속 공간과 아귀가 맞아 떨어지지 않는다. 물띠미에 은호리라는 마을이 있긴 하지만, 이 마을에서 박만도가 넘어야 할 잿마루란 아예 없고 외나무다리를 건너서 가야 할 기차역이 가근방엔 존재하지 않는다. 거기에서 지척인 하양역은 강을 건너지 않아야 갈 수가 있고, 강 건너 경산역까진 너무 먼 곳이다. 강 건너 남쪽 환상리에서 하양역으로 간다고 해도 환상리 쪽에서도 넘어야 할 산이라곤 없다. 끝없이 드넓은 들판만 펼쳐져 있을 뿐이다. 그러니까 하근찬의 발언은 물띠미에 있는 외나무다리만 가져와 영천의 남천에 걸어 놓은 것으로 해석해도 좋다. 외나무다리 근처 나룻배를 전라도 어느 마을 앞 강물에 띄워 놓은 것처럼.

그런데 여기 또 다른 주장이 있다. 『전북작가열전』(신아출판사, 2018)의 하근찬 편을 보자. "하근찬을 전북문학의 범주에 포섭해야 할 근거가 위 소설(「수난이대」 마지막 부분—필자 주)에 나타나 있다. 앞서 언급한 그의 일제 말기 소설들이 김제 치문학교에서의 체험에 기댄 것이듯, 전쟁소설의 출발점이 전주의 입구에 해당하는 용머리재인 것이다. 하근찬의 전쟁소설은 원체험이다."

용머리재는 김제 금구면에서 전주로 들어가는 고개라고 한다. 하근찬은 전주사범 시절 김제 죽산면의 집과 전주를 오갈 때 그 길을 이용했다고 『징깽맨이』(이 작품은 〈전북도민신문〉에 「쇠붙이 속의 혼」으로 연재 되었다)에서 언급하고 있다. 일부러 금구 삼거리까지 가서 지나가는 트럭을 기다리는 일이 다반사였다는데, 치문학교에서 만났다가 헤어진 고등여학교(高女) 5학년 문수진 때문이었다.

『전북작가열전』에서는 '용머리고개'에 대해 더 이상 언급이 없으나 "전주의 입구에 해당하는 용머리재"가 「수난이대」에 등장한 것만으로도 전주가 「수난이대」의 무대라는 주장이 틀린 말은 아니다. '물띠미'나 '영천'에 존재하지 않는 '용머리재'가 전주엔 있으니 말이다. 많은 작품에서 소설의 배경은 전라도지만, 거기 나오는 사람들에겐 경상도 말을 하게 했다는 작가의 글(「진정한 고향은 마음 속에」, 『내 안에 내가 있다』, 엔터, 1997)을 상기할 필요가 있다. 유년기와 청년기의 체험이 짙게 배어 있는 곳이 김제이고 전주니까 말이다.

어쩌면 이런 주장들은 부질없다. 굳이 「수난이대」 무대가 어디라고 못 박을 필요가 있겠는가. 『징깽맨이』에서 학생시절의 전주 시내를 자세하게 묘사한 작가가 그 용머리재를 모를 리 없는 것이다. 이후 기차든 버스든, 작가는 젊은 날(한국전쟁 이후)에 '물띠미'를 지나다 바짝 말라버린 금호강 바닥을 흘러가는 물길 위에 걸린 외나무다리를 보았고, 그 외나무다리를 박만도에게 걸어가게 했을 뿐이었다. 박만도에게 건너왔다가 아직도 건너가고 있는 외나무다리가 전주천에 있었든, 하양 물띠미에 있었든, 영천의 남천에 있었든 달라질 의미가 무엇이겠는가. 일제가 남긴 상처는 산하에 널려 있고, 분단 후유증으로 인한 이념의 남남갈등으로 나라에는 얼마나 많은 '수난 3대'들이 태어나고 있는가.

마현산 중턱에는 「수난이대」 빗돌이 하나 세워져 있다. '영천지구 전승 기념비'(영천은 인민군 9월 공세 격전장이었으나 마침내 대반격을 시작해 낙동강전선까지 밀어 올린다) 아래 조금은 생뚱맞게 서 있는 이 빗돌을 영천 사람들은 '하근찬 문학비'라고 한다. 그러나 생각을 가다듬어 다시 보면 빗돌은 '호국 시설 조형물'이란 걸 단박에 알 수 있다. 아무리 그래도 그렇지, 「수난이대」를 호국 시설 조형물로 끌어들이다니. 혹자는 멋진 발상이라고 할지도 모르겠으나 배알이 틀리면서 입가엔 야릇한 웃음이 걸린다. 이 자조의 웃음 역시 객관이 아니라 주관이다.

박만도가 찾아간 장거리 고깃전에서 고등어 한 손을 산 곳이 지금의 완산동 시장이다. 넓고 큰 지금의 장거리가 만들어진 것은 1955년이고 그때 백무산 시인 아버지가 도목수 노릇을 했었다. 그전의 장터를 살펴보면, 구한말 시기엔 남천 천변에 있었고, 일제강점기에는 경찰서 앞으로 이전되었다가 후에 염매시장에서 북문네거리와 향교까지 이어지는 곳으로 옮겨졌다.

'영천장에 콩 팔러간다'는 말이 회자된 적이 있었다. '잘 가는 말도 영천장, 못 가는 말도 영천장'이라는 말도 있다. 영천장은 대구 약령시, 안동장과 함께 경상도 3대 시장으로 불렸다. 그만큼 큰 규모로 물산 거래가 활발했다는 말이다. '영천 큰 장'이라는 말이 그래서 나왔다. 하지만 '영천장에 콩 팔러간다'는 말은 웃지 못할 사연도 품고 있다. 영천으로 오고가기 위해선 사방으로 큰 재와 고개를 넘어야 했다. 사방으로 시티재, 상등재, 땀고개, 구룡재, 노귀재, 갑티재마다 도적이 오가는 사람의 돈과 물건, 심지어는 목숨까지 뺏는 일이 허다했다. '잘 가는 말도 영천장, 못 가는 말도 영천장'이라는 말은 서두를 필요가 없다는 뜻이다. 빨리 가도 영천장, 늦게 가도 닿는 곳은 영천장인 것이다. 영천장은 늦게까지도 흥청거렸다는 뜻이다. 동해안의 어물이 영천장으로 들어와 인근 내륙으로 흘러갔고, 그쪽 내륙의 농산물과 약초 같은 것들이 동해안으로 흘러갔다. 특히 과일과 약초를 전국으로 공급하는 일이 영천장에서 이루어졌다.

첫 창작집 『수난이대』(정음사, 1972)와 하근찬 유품에 관련해 작은 파랑 하나가 있었음을 여기에 남겨둘 필요도 있겠다. 후문에 의하면 미국으로 갈 계획으로 부인이 남편 유품을 정리하고, 그걸 인수해주면 좋겠다고 서울 쪽의 한 시인이 영천시에 제안했다는데, 단칼에 거절당했다는 것. 그 말이 김주영 작가 귀에 들어갔다. 아직 객주문학관이 문을 열기 전이었다. 김주영에 의해 하근찬 유품은 청송의 한 폐교로 보내졌고, 객주문학관이 문을 열자 입구 로비 한쪽 유리관에 유품 일부가 전시되었다. 이러쿵저러쿵, 김주영 독자들의 비아냥이 영천 저잣거리에까지 나돌자 영천시가 인수를 결정했다. 2015년 12월 17일, 그렇게 하근찬 유품은 고향으로 돌아왔다.

유품 대부분은 포은 정몽주를 기리는 임고서원 수장고로 들어가고 영천시립도서관이 그 일부를 유리관에 넣어 전시하고 있을 때였다. 우연히 거길 들렀다가 몇 권 안 되는 작품집 중에서 『수난이대』는 없고 『수난이대』 양장본 표지만 두 개 놓여 있었다. 어찌어찌 『수난이대』와 다른 작품집 몇 권까지 구해 도서관에 갖다 주고 표지 두 개는 '영천문학 자료실'에 비치해 놓았다. 하근찬은 생전에 출판사로부터 재수록 청탁을 받을 때마다 첫 창작집 『수난이대』를 찢어 원고 대신 보냈던 것으로 짐작할 수 있는 것이다. 그것도 두 권이나. 본문은 모두 사라지고 목차와 판권만 남은 채로. 『수난이대』는 「나룻배 이야기」 「흰 종이수염」 「홍소」 「분」 「산울림」 「왕릉과 주둔군」 「삼각의 집」 「족제비」 같은 빼어난 작품들을 품고 있다.

작가는 가도 작품은 읽혀진다지만, 옛말이다. 그는 생애의 오십여 년을 서울 쪽에 살며, 썼다. 그가 써놓은 작품들 위로 켜켜이 먼지만 쌓여왔다. 시험문제 때문에 중고등학생들이 「흰 종이수염」과 「수난이대」만 달달 읽고 있다. 문명이 너무 발달해버린 탓이다. 2022년 12월 29일, 한국이 쏘아올린 다누리호가 달 임무 궤도 안착에 최종 성공했다고 전한다. 그렇지 않아도 우리는 너무 멀리 와 버렸다. 달이 시가 되지 않은 지 이미 오래다. 그래도 우리는 '외나무다리'가 걸려 있는 옛 마을로 가야 한다. 거기에 길이 있다.

2. 슬픈, 그러나 따뜻한 한 편의 동화

태평양전쟁 때 징용에 끌려간 「수난이대」 박만도처럼 「흰 종이수염」의 소년 동길이 아비도 6.25 때 노무자로 나가 오른 팔을 잃었다. 6.25 때 '노무자'는 태평양전쟁의 '징용'과 같은 의미다. 그래서 「흰 종이수염」은 「수난이대」와 「나룻배 이야기」의 자매편으로 일컬어진다. 정금(正金)처럼 단련된 이 세 편은 하근찬 문학의 본령이면서 시원이다.

이 소설 줄거리는 단순하다. 사친회비를 내지 않아 학교에서 쫓겨났지만 여전히 씩씩한 소년은 그러나 아비가 없다. 전쟁터에 노무자로 나갔기 때문이다. 그런데 어느 날 아비는 팔이 하나 없는 괴상한 모습으로 돌아온다. 집 안에 암울한 그늘이 드리워지지만 곧 노무자로 나가기 전 일했던 목공소 주인의 배려로 극장에 취직한다. 이튿날, 소년은 학교에서 돌아오다 영화 광고판을 앞뒤로 멘 허연 수염의 괴상한 사람과 마주한다. 그런데 광대 분장을 한 몰골로 영화 〈쌍권총을 든 사나이〉를 선전하는 사람이 바로 제 아비라는 사실을 알게 된다. 아이들이 제 아비 목소리를 흉내 내고, 종이수염 가면을 나무 꼬챙이로 건드리며 장난치는 걸 보자, 분통이 터진 소년은 동무 창식이를 때려눕히고 짓뭉개는 것으로 소설은 끝이 난다. 싸움을 말리는 외팔이 광대 아비의 "와 이카노? 잉! 와 이캐 잉?" 그렇게 묻는 외침만 허공에 가득하다. 포성처럼 하늘을 울리는 메아리가 되어.

팔 하나를 잃어버린 지아비가 돌아오자 지어미는 한숨이 많아졌으나, 주먹이 야무진 소년은 여전히 당돌하고 아귀세다. 술이 취해 비록 자조 섞인 행동을 보이기는 했지만, 아비 역시 기죽지 않고 광대 분장까지 해가며 세상과 대응하는 「흰 종이수염」은 그러나 동화처럼 따뜻하다. 건조한 문장인데도 입에 착착 감긴다.

"노란 머리카락과 새파란 눈깔을 가진 여자도 하나 윗도리를 거의 벗은" 광고판을 가슴에 안고 등에 진 채, 광대가 되어 영화 〈쌍권총을 든 사나이〉를 선전하고 다니는 아비와 눈이 마주친 순간 소년은 "뒤통수를 야물게 한 대 얻어맞은" 느낌이었고, 아비는 "얼른 시선을 돌려 버"리는 「흰 종이수염」의 이 장면은 슬프면서도 우스꽝스러운, 한국전쟁 후방의 아찔한 풍경이다.

소년의 아비가 취직한 극장은 바로 영천극장이다. 그 극장 일대가 영천 원도심이었다. 교촌동에 있는 「흰 종이수염」의 영천극장은 개울 하나 건너 언덕배기 창구동에 있던 일제강점기의 '옛날 영천극장'이 없어지고 난 뒤, 당시 조선일보 지국장인 홍임수가 거금을 투자해 1954년 10월 8일 문을 열었다. 하근찬이 부산 동아대학교에 입학한 해였다. 영천극장은 70년대 초까지 호황을 누리다가 강 건너, 소위 '강남' 개발로 이루어진 신시가지 완산동에 들어선 아카데미극장에 밀려 문을 닫았다. 오랫동안 음료수 보관 창고로 쓰이며 낡아가다 경매에 넘어갔고, 시민들이 영천시가 매입해 보존해 달라고 요구했지만 응답하지 않았다. 2016년 8월 매입자가 극장 건물을 헐고 그 자리에 빌라를 세웠다.

1952년 늦은 봄에 고향으로 돌아온 하근찬이 일제강점기 '옛날 영천극장'을 모르진 않았을 것이다. 인민군 9월 공세 격전장이었던 영천전투 과정에 창구동 '옛날 영천극장'이 국군에 징발당하면서 극장으로서의 기능을 잃어버리고 정미소가 되기까지의 '수난'을 풀어 놓을 자리가 여기엔 없다.

1956년 12월까지 하근찬이 살았던 집 근처 공동수도가 있었다는 곳, 거기 조붓한 골목골목을 더듬었다. 「흰 종이수염」이 발표되고 63년이 지나 작가의 창작 공간이 있었던 자리에 서자, 머릿속으로 떠오르는 건 1970년대 초부터 중반까지 지켜본 낡은 한읍(漢邑) 풍경이다. 손바닥만 한 한읍 전체를 오롯이 품고 있는 뒷동산 같은 마현산 중턱, 아침저녁으로 개숫물이나 졸졸거리는 깍골 개골창 위, 1946년 영천 10월 항쟁 때 서북청년단이 기관총을 걸어놓고 본부로 사용했던 영천향교 아래, 초가지붕들이 게딱지처럼 다닥다닥 붙어있는 동네가 교촌동이다. 일제강점기가 시작되면서 한읍을 동서로 길게 뚫어놓은 신작로, 1970년대까지 28번 국도였던, 중앙선이 없는 그 낡은 도로가 구렁이처럼 꿈틀거리며 지나가고 있다. 잡곡 실은 우마차가 들락거리며 오래 은성했던 곳이다.

영천성당에는 1930년대 어느 해의 읍내 전경 사진 한 장이 남아 있다. 협궤열차 시절이라 아직은 영천역이 주남들 멀리 남쪽 도동에 있던 시절에 박은 사진이다. 마현산 중턱 어느 지점에서 카메라 초점을 맞춘 속칭 '주남 다리'(이 다리는 절반만 콘크리트 구조물이고 절반은 흙으로 되어 있다) 건너 남쪽 들판에는 농막같이 허름한 집 몇 채만 듬성듬성 박혀 있고, 그 너머로 '안완산' 초입부터 '개고개'까지는 문명의 티끌이라곤 찾을 수 없는 옛날이 원경으로 잡혀 있다. 광궤로 바뀐 지금의 대구선 철길 공사가 시작된 1936년 이전 풍경이다. 이 사진은 영천성당 초대 신부였던 스위스 사람 프루아드보 레이몬드가 찍었을 것으로 추정된다. 해방공간 영천의 스산한 풍경을 지극히 짧은 단문의 일기로 남긴 루이 델랑드는 1940년 프루아드보 레이몬드의 뒤를 이어 영천성당으로 왔다.

영천문학 자료실에는 그 사진을 대형으로 확대해 벽면 가득 걸어놓았다. 바라볼수록 옛날 사진은 호기심을 자극한다. 빛의 속도로 달려가는 시대, 수십 년의 세월을 저렇게 거북이걸음처럼 변하지 않은 채 살아온 신비로운 세상이 사진 속에 있다. 일제강점기에 떠났다가 한국전쟁 중에 돌아온 하근찬이야 돌아보면 사무칠 무슨 회한이 있었겠냐만, 전쟁이 끝나고 「흰 종이수염」이 발표될 때까지도 이 한읍은 사진 속 풍경과 달라진 게 없었다. 한없이 낮고 외롭고 쓸쓸하게 이어지는 초가지붕들 곡선을 이따금씩 흔들어버리며 치솟은, 여러 채의 더 높고 덜 낮은 기와집과 왜식건물이 돌 던진 연못의 파문처럼 출렁거린다. 풍경의 서쪽 금호강 상류 남천(南川) 청계석벽 위에 세워져 돌올한 창대서원 뒤편으로 여기저기 지주들 저택일 것 같은 기와집은 넓고 크다. 그중에는 예전 제일교회로 짐작되는 건물도 보인다. 풍경의 동쪽으로 눈을 돌리면 옛 왕조 객사 건물 아래, 일제강점기의 1920년대와 30년대를 짧고 격렬하게 살다 간 작가 백신애가 태어난 창구동 68번지 일대가 사진 안으로 상투만 들이민 형국이다. 군청과 경찰서를 깡그리 태워버린 해방공간 10월 항쟁 당시 수천 명이 모여들었던 질청마당 건너 남천 청계석벽(清溪石壁) 벼랑이 동서로 길게 이어져 있다.

이 풍경이 전북 장수에서 도망치듯 달려와 영천으로 스

며들었던 청년 하근찬이 살아낸 50년대 풍경이다. 그러나 작가는 이 풍경을 어느 작품에서도 담아내지 않았다. 부친의 죽임과 국민방위군으로 끌려가 죽을 고비를 넘겨야 했던 트라우마로 인해 그는 고향을 타관처럼 살았을지도 모를 일이다. 그래서 주먹이 야무지고 아귀센 소년은 작가 자신의 분신이었을 것이다.

영천극장을 헐어낸 자리에 우뚝 솟은 빌라 건물에서 발걸음을 오른쪽으로 돌려 마현산 고갯길을 조금 오르면 그다지 넓지 않은 주차장이 있고, 주차장 벽면에 붙인 화강암에다 음각해 놓은 한국전쟁과 영천전투에 관한 글들이 빼곡하게 박혀 있다. 주차장을 버리고 북쪽 계단을 밟아 올라가면 충혼탑이다. 마지막 계단을 밟고 돌아서면 「흰 종이수염」의 또 다른 무대가 눈에 들어온다. 「흰 종이수염」에는 영천극장과 함께 또 하나의 배경이 '영서교'와 나란히 걸려 있는 중앙선 철교, 그리고 그 아래 남천(南川) 강물이다. 학교에서 쫓겨나자 일찌감치 학교를 "때리챠 버린" 용돌이와 소년이 멱을 감던 곳이다. 주남들에 있는 '영천국민학교'에서 당시로선 읍내 쪽이었던 서문거리로 돌아가던 아이들이 멱 감는 소년에게 "똥길이 즈그 아부지 외팔뚝이—"라고 야유하던 다리가 바로 영서교다. 그 영서교와 나란히 걸려 있는 중앙선 철교 아래 남천에서 "철모를 눌러쓴 국군아저씨가 담배 연기를 푸우 내뿜"으며 달려가던 철교는 중앙선 복선 공사로 하늘에서 내려지고 철길은 서편 두물머리 쪽으로 옮겨졌다. 영천이, 문명이 「흰 종이수염」을 지워버렸다. 옮겨진 철길 부근에는 화강암으로 만든 '하근찬 징검다리'가 놓여 있다. 하근찬 징검다리에서 조금만 더 내려가면 포항시 죽장면 가사리에서 발원한 남천이 북천을 만나 마침내 힘찬 물살의 금호강을 이룬다. 갈대 무성한 금호강은 거문고소리를 내며 흘러간다.

남천에는 홍수에도 끄떡없는 화강암 징검다리가 다섯 군데 놓여 있다. 그중 영서교 동편 것에는 '백신애 징검다리', 멀리 서편 것에는 '하근찬 징검다리'라는 안내판이 서 있다. 영천시가 고증도 없이 이렇게 징검다리 이름을 붙였는지 이해가 되지 않는다. 소년과 그 동무가 "학교를 "때리챠 버"리고 멱 감는 「흰 종이수염」을 알고 있다면 영서교 동편의 백신애 징검다리는 하근찬 징검다리가 되어야 옳다. 그리고 영천교(주남 다리) 아래 이름 없는 징검다리는 '백신애 징검다리'가 되어야 할 것이다. 백신애가 대구의 학교로, 노란 기염을 토한 여성운동의 서울로, 저 방랑의 블라디보스토크로, 새로운 세계를 향한 열망 때문에 일본으로 떠난 유일한 통로가 영천교였다.

「흰 종이수염」에서 소년의 아비는 한국전쟁 '노무자'였다. 여기서 '노무자'란 1950년 7월 26일 "군작전상 필요한 군수물자, 시설 또는 인적자원을 징발 또는 징용"하기 위한 '징발에관한특별조치령'에 의해 동원된 사람들을 말한다. 나무위키를 참조하면, 이때 미군은 태평양전쟁에서의 민간인 징용 경험을 살려 후방 지원 임무에 투입했다. 해방 직후 도로 등의 인프라가 제대로 구축되어 있지 않았던 전장 환경으로 인해(산이 많고 비포장도로가 많은) 미군의 기계화된 장비로 보급을 하는 것에는 한계가 있었기 때문이다. '징발에관한특별조치령'으로 동원되었거나 자원한 노무자들은 지게를 이용해 탄약, 식량, 의료품들을 져 날랐고, 사망자와 부상자 이송까지 맡아서 했다고 '지게부대'라는 별칭을 얻었다.

3. 영천포로수용소 미군 세탁부 갑례와 반공포로 남편

"와 조선 밥 묵고 일본 똥 뀌노!"

압권의 풍자다. 한국 밥 처먹고 일본 방귀를 뀌다니, 신의 영역이다. 통렬한 이 풍자는 지금 우리 사회에서 한 상징이 되어 버렸다. 이 풍자는 하근찬 단편 「조랑말」의 한 대목이다. 이 외침은 1973년 하근찬이 일제강점기 소년 용식의 입을 빌려 던진 발언이었다. 그 발언이 왜 지금 여기에, 소환되는가. 하근찬의 그 발언은 지금 이 정권에 던져야 할 가장 적절한 외침이기 때문이다. 일제강점기 미쓰비시 강제동원 피해자인 양금덕 할머니에게 드리기로 한 인권상을 정부가 취소한 이후, 우여곡절 끝에 우리는 일본이 후쿠시마 제1원자력발전소 오염수를 바다에 내다 버리는 것을 목도하고 있는 중이다. 앞으로 30년 아니 50년이 걸릴 것이라고 한다. 일본이 그런 짓을 감행하기까지 대통령이 보여준 언행은 시민들을 분노하게 만들었다. 일본에는 한마디 못 하고 일본의 행태를 비판하는 국내 반대 진영을 비난한 대통령에게 한 정치인이 '방구석 여포'라고 쏘아붙였다. '방구석 여포'는 '구들장군'과 동의어다. 대통령은 "와 조선 밥 묵고 일본 똥 뀌노!" 라고 외치는 시민들의 사자후를 그는 공산전체주의로 매도해 버렸다. 이런 최근의 행태를 보면 기시감이 든다. 문학/작가들도 검열하려는 그 어떤 징후?

일제강점기 조선 사회상을 소년의 눈으로 바라보게 한 문학 작품이라면 단연 하근찬이다. 하근찬의 많은 작품에 등장하는 소년들은 제국에 의해 '만들어지고 있는 황국신민'이다. 그러니까 그 소년들의 '국어'는 '일본어'였고, '일본'은 '우리나라'였다. 일본 제국이 소년들에게 주입한 교육으로 인해 그 소년들이 무찔러야 할 적은 아메리까(미국)와 이기리수(영국)였다. 소년들은 늘 즐겁게 '베이에이 게끼메쓰(미국 영국 격멸)'를 외쳤다. 소년 하근찬도 그렇게 어린 시절을 보냈지만, 그 소년은 늘 아슬아슬했다. 또래들과 달리 소년 하근찬은 '일본'이 '우리나라'가 아니라는 걸 알았기 때문이다. 어느 날 밤 우연히 부모님의 은밀한 대화를 엿들었던 것이다. 그래서 「족제비」, 「원 선생의 수업」, 「노은사」, 「간이 주점 주인」과 같은 단편들은 착잡하게 가슴을 적신다.

만주사변이 터진 1931년에 태어난 하근찬은 중일전쟁과 태평양전쟁을 희미하게나마 체험했고, 한국전쟁에서는 부친의 좌익에 의한 죽임과 국민방위군으로 소집되어 지독한 홍역을 치렀다. 그런 그가 국민학교 6학년 때, 정신대에 끌려가지 않기 위해 5학년짜리 여학생이 시집가는(산문 「수난이대, 산에 들에」) 걸 목도했다는 건, 어느 작가도 건드리지 못한 여자정신대를 소환한 『야호』와 『월례소전』을 쓸 수밖에 없는 운명이었는지도 모른다.

『야호』를 얘기하기 전에 먼저 작가 하근찬의 어린 시절을 더듬어 본 이유는 거기에 있다. 1969년 전업작가 선언 뒤에 곧바로 연재를 시작한 첫 장편이 왜 어느 작가도 호명하지 않는(김정한이 1969년 발표한 「수라도」와 「뒷기미 나루」도 '여자정신대'를 언급한다), 돌아오지 못한 여성들의 서사 예고편인 『야호』였으며, 또 곧바로 자매편 같은 『월례소전』으로 이어졌는지 짚어볼 필요가 있었기 때문이다.

활동사진이 들어온다는 소문이 막 도착한 1942년, '홍싯골'에서부터 『야호』의 서사는 시작된다. 홍싯골은 영천에서 경주시 안강읍으로 넘어가는 고개인 '시티재' 아래 첫 마을,

강교2리 '느들' 마을이다. 시티재 꼭대기를 헐어 계곡 위에 걸어 놓은 새 길을 내기 전, 옛 28번 국도는 시티재 꼭대기에서 산비탈을 타고 S자를 그리며 강교2리 느들 마을을 스치듯 지나갔다. 그 마을 사람들은 예전부터 영천장을 이용했을 만큼 생활권이 영천 쪽이었다. 십 리 밖 고경면 소재지엔 '해선장터'가 있었다. 하근찬은 간혹 처가가 있는 곳으로 오가면서 마을을 바라보기만 했을 뿐 들른 적이 없었다. "마을 지형과 취락 구조, 유난히 감나무가 많은 특징들을 보면서 이름을 '홍싯골'로 정하고 소설을 구상"했다고 『명작의 무대 문학기행』(한국일보사, 1987)에서 밝힌 바 있다.

무엇보다 『야호』는 재미있는 소설이다. 쉽게 읽힌다. 구성이 탄탄하다. 감칠맛이 나는 영천 입말이 구수하게 살아 있다. 마을이 온통 감나무로 뒤덮인 곳, 세상으로 통하는 유일한 통로인 산길 옆에 우뚝 솟은 장승 같은 바위를 서낭으로 모시고 소원을 비는 마을 사람들, 임진왜란 때에는 난리가 난 줄도 모르고 살았던 무풍지대인 홍싯골. 그런 마을에 벼 공출, 감자 공출, 새끼와 가마니 공출, 놋그릇 공출에 이어 마침내는 젊은 사람이 징용으로 끌려가고, 처녀 공출(여자정신대)을 당하는 이른바 대동아전쟁(태평양전쟁)시기. 제국주의는 활동사진 공짜 구경이라는 미끼로 이 오지 마을 사람들을 불러내 황군의 전쟁 홍보수단으로 삼지만, 갑례 아버지 윤 생원 외에는 누구도 그걸 알아차리지 못한다.

주인공 갑례는 친구 분임과 함께 정신대에 끌려가다 도망친 후 산 너머 먼 마을 태석에게 시집간다. 그러나 호적을 옮겨 그 집 귀신이 되어야 할 시댁에서의 갑례는 징병 영장을 기다리는 외동아들 태석의 대나 잇게 해 줄 몸으로써만 그 존재가치가 있을 뿐이었다. '씨받이'나 다름없는 존재로 그렇게 갑례는 세상 속으로 걸어간다.

첫날밤. 곱게 타오르는 황밀촉(黃密燭)을 받들고 있는 것은 야호(夜壺), '꽃요강'이다. "발그레 고운 불빛이 꽃요강의 방방한 겉몸을 위로부터 어루만지듯이 비추어 내리고 있었다. 겉몸에 그려진 함박꽃도 호랑나비도, 그리고 가느다랗게 꼬리를 그으며 솟구쳐 오르고 있는 두 송이 구름도 불빛을 받아 여느 때보다 선명한 금빛으로 반짝반짝 빛나"는 꽃요강은 누대에 걸쳐 어머니께 물려받았으므로 당연히 그 딸에게 물려줘야 할 유산이다.

갑례의 서사는 그렇게 시작된다. 온몸을 휘감고 있는 지나간 전쟁과 당하고 있는 전쟁, 또 앞으로 닥쳐올 전쟁을 예감하는 미래의 가파른 재를 넘게 한다. 그 재를 넘어 갑례는 가마에 올라 온 생애를 통하여 단 한번 짧은 호사를 누린다. 작가는 갑례가 가마에 오르기 전 휘어지고 치솟는 태산준령의 아득한 능선을 바라보게 함으로써 질곡의 앞날을 암시한다. 그러니까 결국 갑례는 딸에게로 대물림 되어야 할 유산인 야호(夜壺)를 아우 '뿌뜰이'에게 물려주고 마는 어긋난 생을 살게끔 예비되어 있었던 것이다.

징용에 끌려간 오빠도 첫사랑 영칠도 해방과 함께 돌아오지만, 징병으로 끌려간 남편 태석은 돌아오지 못한 채 전쟁이 일어나고, 우연히 갑례는 영칠의 아이를 임신한다. 그러자 영칠은 아내를 소박하고 두 사람은 낯선 곳으로 도망간다. 운명이 기구한 건 영칠도 마찬가지. 의용군으로 낙동강전투까지 갔다 온 영칠은 군에 징집되어 휴전을 앞두고 죽고 만다. 영칠의 딸을 낳은 갑례는 포로수용소 미군 세탁부가 되어 그 수입으로 살아가고 있을 때, 그곳 포로수용소에 갇혀 있던 태석은 자갈 채취를 위해 강으로 나갔다가 강 건너에서 빨래하는 갑례를 보게 된다. 그리고 얼마 뒤, 이승만의 밀명에 의해 반공포로가 탈출할 때, 10년 만에 태석은 집으로 돌아온다. 태석은 징병에서 돌아오다 소련군 포로가 되어 하바롭스크로 끌려가 강제노역을 했고, 인민군으로 참전 후 다시 미군 포로가 된 신세였다. 이후 태석은 몇 차례 갑례를 찾아가 돌아오기를 간청하지만 거부당한다.

주인공은 아니지만 『야호』를 탄탄하게 이끌어가는 독특한 인물이 있다. 홍싯골 명물 '꺼꾸리'와 갑례 시댁의 머슴 '마 서방'이다. 또 유일하게 일제에 저항하는 인물인 갑례 아버지 윤 생원이나 만주에서 돌아와 힘담 있는 이야기로 싱겁이나 떨며 동네에서 '독립운동가'란 별명도 얻은 분임이 아비 최 서방도 있기는 하다.

홍싯골 명물은 꺼꾸리다. 세상 소문에 어두운 홍싯골로 온갖 새로운 소식들을 물어다 나르는 일을 하는 것은 구장이 아니라 꺼꾸리다. 활동사진이 들어온 것을, 여자 징용이 나온 것을, 따발총을 멘 인민군이 쳐들어 왔다는 뉴스를 전해주는 것도 꺼꾸리 앵커에 의해서다. 그는 '활동사진'을 '하이똥사진'으로, '신파'를 '심빠'로 발음하는 혀 짧은 소리의 코미디 앵커다. 그런 이유로 꺼꾸리는 곧잘 후지박이는 인물이다. 사람들이 아무리 후지박아도 그는 세상을 웃긴다. 서른 살은 족히 되었을 "그가 이 마을에 흘러들어온 것은 어느 몹시 흉년이 든 해"였다. "새까만 애 하나가 어른의 짚신을 끌고" 마을로 왔는데, "두 눈이 구성없이 큰 애"는 "이 집 저 집 부엌강아지처럼 굴러다니며 자랐"고, 몇 해가 지나 "반편이"라는 것을 알게 된다. "어찌된 영문인지 나중에는 다리도 한쪽을 잘름잘름 절게 되었"고, "학교 운동회 구경을 갔다 온 뒤부터 곧잘 두 손을 땅에 짚고는 회똑회똑 물구나무를" 잘 선다고 해서 '꺼꾸리'라고 부르게 된다. "그는 홍싯골의 꺼꾸리에서 면 전체의 꺼꾸리로 승격"되고, "군청 소재지인 읍내에까지 이름을 떨치"며, "마음 내키는 대로 며칠이고 돌아다니다가 재미있는 일이라도 구경하거나 색다른 소문이라도 주워들을 것 같으면" 홍싯골로 돌아와 전하는 민첩한 파발꾼 노릇을 마다하지 않는다. 갑례가 정신대로 끌려갈 때나 시집을 갈 때, 혹은 마을 사람들이 주체할 수 없는 기분으로 난감해 할 때에도 언제나 꺼꾸리가 나타나 익살스러운 말투와 행동으로 분위기를 바꿔버린다. 그렇게 홍싯골의 소식을 갑례의 시댁으로 물어다 주던 꺼꾸리가 전쟁이 터지자 어쩐 일인지 곡마단으로 진출해 있는 것을 갑례는 알게 된다.

묵직한 캐릭터 마 서방. 갑례 시댁의 머슴인데 나이를 알 수 없는 사내다. 누군가 나이를 물으면, 그런 거 꼬박꼬박 챙겨 뭐 하느냐고 시큰둥하게 말하는 사람의 생김새는 "과연 입이 걸작이었다. 얼굴에 온통 입 밖에 없는 것 같"은 마 서방은 가을걷이 끝엔 어디론가 뜬구름처럼 흘러 다니기가 일쑤였다. 그런데 갑례가 시집 온 이후 마 서방의 그런 행동은 사라지고, 어느 날 갑례 앞에서 과거를 털어놓는다. 어느 몹시 흉년이 든 해, 도붓장수로 나간 "납따그리"한 아내는 돌아오지 않고 아들마저 잃어버렸다는 것. 홍싯골에 올 때마다 꺼꾸리를 눈여겨보는 마 서방. 그 마 서방과 갑례는 서로가 서로에게 마음붙이였다. 그래서 갑례는 함부로 '마 서방'이라 부르지 않고 '마 생원'으로 올려 부른다. 남편 없는 시댁에서 유일한 마음 속 기둥이었다.

인공치하에서 좌익의 강요에 의해 토지개혁위원이 되자, 주인집 토지를 지키기 위해 그 토지 전체를 자기에게 분배해 달라고 했던 마 사방. 좌익 세상이 끝나자 정 면장 사위가 술이 취해 '빨갱이'라며 난동을 부리자 미련 없이 달랑 옷 보따리만 들고 떠나버린다. 친정 곳에서라도 머물기를 바라는 갑례의 권유로 홍싯골로 가기는 했으나 구름처럼 가버린 마 서방. 감 따는 꺼꾸리를 "물기가 어린 것 같은 번질한 눈으로 하염없이 지켜보"던 마 서방. 혼자 나와 배웅하는 꺼꾸리에게 배는 안 고프냐고 마 서방이 묻자, 이상하게 기분이 좋아 물구나무서기를 하며 "앙 고빠, 앙 고빠" 어리광인 듯 소리 지르는 꺼꾸리. 이것이 두 부자의 마지막 장면이다.

홍싯골에 올 때마다 꺼꾸리를 눈여겨보는 마 서방, 작가는 두 사람이 부자지간임을 암시했지만 단정하지는 않았다. 예전 영천 사람들이 '등검쟁이'라고 불렀던 도붓장수로 나간 그의 아내가 돌아오지 않았듯이 그렇게 마 서방도 『야호』 밖으로 사라져 버린다.

『야호』에서 갑례 시아버지 정 면장의 처참한 죽임 장면은 읽는 사람을 압도한다. 너무 끔찍해서 여기에 옮겨놓기가 민망하다. 그 장면이 바로 아버지 하재중 교장의 죽임과 겹쳐놓은 장면이라는 건 알려진 사실이다. 전쟁이 일어났을 때 작가는 전북 장수군 산서면의 국민학교 교사였고, 아버지는 그 학교 교장이었다. 좌익에게 끌려가 전주교도소에 갇혔다가 인민군들이 퇴각할 때 떼거리로 죽임을 당하는 장면은 그야말로 목불인견이다. 장수에서 전주까지 두 번이나 걸어가 그 수많은 주검들을 목도했고 어머니와 함께 아버지 시신을 수습해서 가매장한다. 부인 이종순에 의하면 사회주의에 경도되었던 하근찬이 방향을 튼 것은 그때 이후였다.

하근찬은 아버지가 죽임을 당한 그해 12월 국민방위군에 소집된다. 중공군 개입 후 전선이 밀리자 만 17세 이상 40세 미만 장정들을 소집한 '국민방위군설치법'은 1950년 12월 21일 공포되었고, 그들을 후방으로 이동시키는 과정에서 간부들이 많은 돈을 착복, 보급이 이루어지지 않아 수많은 젊은이들이 추위와 질병으로 죽어가 논란이 되자 1951년 5월 12일에 폐지된다. 하근찬은 대표작품선 『산울림』(한겨레출판사, 1988) 작가의 말 「전쟁의 아픔, 기타」에서 이렇게 회고한다. "속칭 보따리부대라고 하는 국민방위군에 나가 엄동설한의 서너 달 동안 (……) 굶주림과 싸우며 훈련을 받기도 했었다. 많은 장정들이 추위와 굶주림을 견디지 못하여 죽어갔는데, 반신불수 비슷한 상태가 되어서나마 귀향을 할 수 있었던 게 다행이라면 다행이었다." 하근찬은 이때 모습을 산문 「어머니와 보신탕」에서 보다 상세하게 말하고 있다. 다친 일도 없는데 팔 하나가 전혀 말을 듣지 않아 그냥 밑으로 내리고만 있어도 쩌릿쩌릿하고 뻐근해서 견딜 수 없었다. 새끼를 주워 팔을 목에 걸고 돌아오니 이웃에서 영양부족이라며 개고기가 최고라고 했다. 여윌 대로 여위어 몰골이 말이 아니었기에 어머니가 개 한 마리를 사서 먹였다. "그것을 먹고 희한하게도 팔의 기능을 회복했으며, 몰골도 차츰 사람"으로 되돌아 왔다고 한다. 그러고 보니 의용군으로 낙동강전투에 끌려갔던 영칠도 새끼로 팔을 목에 걸고 돌아오지 않았던가.

이쯤에서 『야호』에 등장하는 영천포로수용소 얘기도 빠질 순 없겠다. 영천에 포로수용소가 설치된 건 1950년 7월이었는데, 그 임시포로수용소는 금호의용소방대 창고(『경찰전사』, 월간조선사, 2003)였다. 영천의 인민군 '9월 공세' 당시 인민군 포로들은 쌍계동 들판의 임시수용소로 수용되었다. 그 후 부산과 거제도에 포로수용소가 들어서자 전국의 모든 수용소와 수집소가 폐지되었다가 거제도의 포로 분산작전으로 다시 수용소가 설치되는데, 그때 영천 완산동 수용소에는 이승만이 참석한 가운데 반공포로 환영식이 열리기도 했다. 지금의 영천시장 건너편에 있었던 수용소는 전쟁 후 공병부대가 주둔하면서 흔적을 찾을 수 없게 되었다. 2000년에 공병부대가 시 외곽으로 옮겨가고 이편한세상 아파트가 들어서면서 그 일대는 지금 한창 개발 중이다.

영천에는 또 하나의 수용소가 설치된다. '민간인억류자수용소'다. 영남대학교 영천병원 건너편 쌍계동 들판의 수용소에는 8,010명의 민간인억류자들로 채워진다. 『65포로수용소』(오세희, 만인사, 2000)에 의하면 거제도에서 민간인억류자로 분류되어 쌍계동 들판에 수용된 것이 확인된다. 그들은 5

월 어느 날 거제도를 출발하여 이튿날 부산에 도착했고, 곧바로 부산역에서 화물열차를 타고 영천역으로 왔다. 지리멸렬한 휴전협상이 진행되던 시기의 신문들을 살펴보면 1952년 6월 29일 영천 민간인억류자수용소에서는 1,700명을 석방한다. 군복에 군화를 신고 십만 원 어치 '물자공급표'를 주머니에 넣은 귀환자들이 밤 9시부터 새벽 4시 20분까지 출신지별로 출발한다. 전남으로 가는 열차가 가장 먼저 출발하고 마지막이 대구였다.

정전협정 과정에서 이승만이 비밀리에 전국의 반공포로들을 탈출시킨 사건은 유명하다. 이승만에게 직접 특별명령을 받은 원용덕(그는 70년대 한 일간지에 영천 반공포로 석방에 관한 글을 연재했다) 헌병총사령관에 의해 미군이 눈치채지 못하게 전국에서 반공포로를 탈출시킨 사건은 1953년 6월 18일 새벽에 일어났다. 처음에는 11일로 잡았다. 그러나 이승만은 포로송환협정이 18일 조인된다는 정보에 의해 파괴력을 극대화시키기 위해 그날 새벽으로 변경했는데, 영천은 그날 작전이 이루어지지 못한다.

밀사 자격으로 몰래 영천으로 잠입한 헌병총사령부 조영집 소령은 읍내 한 여관을 통째로 빌려놓고도 보안 문제로 주인 내외는 객실로 내보내고, 살림채 안방에서 포로수용소 경비대장(헌병대 소속) 김규진 소령과 거사계획을 세운다. 하지만 작전 개시 두 시간 전에 김규진 소령이 포로수용소장 버틀러(Butler, Laurel E.) 대령에게 반공포로 석방을 눈물로 애원하는 허겁을 떠는 바람에 수포로 돌아가고 만다. 작전 성공을 자신하지 못한 그는 군인으로선 대단히 희극적인 인물이 아닐 수 없었다. 그러나 이틀 뒤, 영천에서도 반공포로들을 무사하게 탈출시킨다.

"예광탄이 날아가는 방향으로 뛰어라!" 그때 헌병대가 반공포로들에게 내린 명령이었다. 그날, 미군 장갑차 30대가 포위를 하고 있는 수용소 경비는 삼엄했다. 남전(南電, 지금의 한전) 젊은 전공이 전원을 끊은 밤 9시, 전원이 차단되자 포로수용소는 암흑세계로 변했고 미리 조직해놓은 특공대 30명은 행동을 개시했다. 포로 복장으로 위장한 특공대원들은 3명이 1개조로 포로들을 탈출시키면서 미군 경비병을 급습해 수갑을 채웠고, 헤드라이트를 밝힌 장갑차에 사격한 뒤 뛰어올라 고춧가루를 쏟아 부어 삽시간에 미군들을 제압해버렸다.

영천포로수용소 반공포로 탈출 작전에 사용된 고춧가루에 대해 수용소장 버틀러 대령은 뒷날 "코리언 가스야말로 그 위력이 대단했다"고 털어놓았다. 고춧가루를 '가스'로 명명한 것이었다. 그러나 무엇보다 버틀러 대령이 그날 밤 첫 총소리가 들린 후, 부관에게 내린 명령이 그럴듯하다.

"이건 명백한 정치 영역이다. 한국군과 싸우지 마라. 군인은 정치에 관여하지 않는다."

4. 하근찬의 '영천말' 가정교사

지금 아이들은 '문종이'나 '문구멍' 같은 말을 알지 못한다. 아파트에서 나고 자랐으니 '부엌'이니 '마당'이니 '변소'를 잘 모른다. 우리 사회는 문학의 틀 안에서만 사투리를 허용하는 획일화된 세상이 되어버렸다. 하근찬이 1957년에 발표한 「낙뢰」에 나오는 '여내'나 '뒷겉봉'이라는 말을 영천에 사는 젊은이들도 모른다. '여내'는 '역시'나 '아직'이며 '뒷겉봉'은 '봉투의 뒷면'을 뜻한다. 사투리는 그 시대, 그 지역의 풍물뿐만 아니라 사람의 성격이나 모습까지도 짐작케 한다. 표준어에 비해 사투리는 얼마나 감칠맛 나는 말인가.

비단 하근찬에만 국한되는 건 아니겠지만, 특히 서울말에 익숙하지 못한 그의 초기작 문장을 읽다 보면 흡사 1930년대 문장을 보는 듯한 착각을 일으키게 한다. 우리는 1945년 해방을 기준으로 근대와 현대를 가르고 있다. 한국문학 역시 그 기준으로 근대문학과 현대문학으로 나누는데, 하근찬의 초기 작품들을 다시 읽으면서 그 기준이 과연 합당한가, 라는 의문이 든다. 오늘날처럼 모국어가 유려하게 발전하기 전이었던 60년대 초반까지 작품에서 서술형 문장에서 남발되는 사투리와 비표준어, 문어체와 구어체가 뒤섞이는 문장들 때문이다.

이종순 여사는 하근찬을 처음 만났을 때 전라도 출신인 줄 알았다고 회고한 바 있다. 유년기와 청년기의 한때를 김제, 전주, 장수에 살아 전라도 말에 절었던 하근찬이 거의 모든 작품에서 경상도 사투리를 구사했다는 건 놀라운 사실이다. 서울말인 표준어로 쓴 작품도 드물다. 70년대까지 발표된 작품을 살펴보면, 전라도말이 구사된 「기울어지는 강」, 「핏빛 노을」, 「서울 개구리」, 『달섬 이야기』 정도가 고작이다. 반면 80년대의 『징깽맨이』는 작품 전편에서 시종일관 전라도 사투리를 구사하고 있다.

하근찬은 작품에서 경상도 사투리, 특히 영천말을 구사한 작가로는 유일하다. 작가의 모든 작품을 읽어낸 입장에서 그 사실은 틀리지 않다. 그는 네 살 때 영천을, 아홉 살에 경상도를 떠나 전라도에서 살다가 스무 살이 지나서야 영천으로 돌아왔다. 돌아와 고작 6년여(3년여는 대학 때문에 부산에 있었다)를 고향에 살았던 하근찬은 영천말을 제대로 익히기는 했을까? 그렇지 않은 것 같다. 어설픈 표현이 도처에서 발견된다.

하근찬의 초기작들 가운데 「절규」의 한 대화체 문장. "정 형 어떻걸 참이요?"나 "안 나온 것을 어떻거란 말입니까?" 에서 '어떻걸'과 '어떻거란'은 영천말 표현이다. '어떻게 할 참이요?'를 '어떻걸 참이요?'로, '어떡하란 말입니까?'를 '어떻거란 말입니까?'로 표현한 영천말은 그러나 아무래도 어설프다. 반면에 「수난이대」의 '거들빼기(연거푸)'나 「낙뢰」의 누리찝찝한(혈색이 좋지 못해 거칠어 보이는 상태), 암새냈능강?(발정 났는가?), 들어마신다(들이마신다), 탈쳐 버린다(가로채다), 헐레벌레(헐레벌떡)나 「이지러진 입」의 "그란했음구마 빼가질 뿐질러 놀라 했다(그렇지 않았으면 빼다귀를 분질러 놓으려 했다)" 같은 것들은 하근찬이 잘 표현해 놓은 영천말이다. '그란했음' 같은 경우는 『달섬 이야기』와 『월례소전』에서 '글안해도', '글안했더라면' 등으로 표현하고 있다.

하근찬 작품에는 간혹 '골무샅'(「나룻배 이야기」, 「오동열매」, 「위령제」, 「왕릉과 주둔군」), '뜰방'(「낙뢰」, 「홍소」, 「산울림」), '숭님'(「두 일본인」), 유득이(「이지러진 입」)와 같은 전라도 사투리가 섞여 있다. 옥에 티다. 둘째아들의 전언에 의하면, 하근찬 영천말 가정교사는 부인이었다. 영천말이 어설픈 하근찬이 경상도 입말 작품을 아내에게 읽어주면 일일이 지적해 교정해 주었다는 것이다. 1970년 서울에서 태어난 둘째아들(「모일 소묘」에서 태어난 그 아이)이 밥상머리에서 그런 광경을 자주 보았다는 말을 듣고 있던 그 어머니는 오래 남편의 영천말 가정교사 노릇이 즐거웠음을 숨기지 않았다. 1933년생인 이종순은 교사가 되고도 몇 년을 더 영천에 살았으니 지금은 사라지고 없는 영천말까지 그 어휘가 풍부했을 것이다.

사족 하나. 과작의 작가로 알려진 하근찬은 중단편 83편과 장편소설 12편, 미완성 장편 3편을 남겼다. 작가가 생전에 기록해두지 않았기 때문에 전집을 준비하는 과정에서 작품연보를 작성하는 작업은 간단한 일이 아니었다. 이해할 수 없는 개작과 개제로 재발표한 여러 작품들을 맞닥뜨려야 했던 파란 속에서 3년여에 걸쳐 완성된 작품 연보는 그래서 얼룩덜룩하다. 그 작품들 중에서 영천을 무대로 한 하근찬 작품은 두 편 더 있다. 영천댐(영천 사람들은 '자양댐'이라고 부른다)으로 수몰되기 직전인 아내의 고향 마을을 그린 「성묘행」(〈월간중앙〉, 1978. 7), 해방공간과 6.25의 이념 대립 속에서 고향을 떠났다가 죽어서야 돌아와 선산에 묻힌 장인어른의 산소를 찾아가며 '여자정신대'로 인한 '더러운 전쟁'을 회상하는 『검은 자화상』(정암문화사, 1991)이 그것이다.

이중기

1957년 경북 영천 출생. 1992년 시집 『밥상 위의 안부』와 『창작과비평』 가을호를 통해 작품 활동을 함. 시집으로 『숨어서 피는 꽃』 『식민지 농민』 『다시 격문을 쓴다』 『오래된 책』 『시월』 『영천아리랑』 『어처구니는 나무로 만든다』 『정녀들이 밤에 경찰 수의를 지었다』 등.

∞ 쟁점-서평

'엄마와 엄마 같은 사람들'의 정의 회복을 위한 글쓰기

『전쟁 같은 맛』, 그레이스 M. 조 지음, 주해연 옮김, 글항아리, 2023

황은덕

가족의 사적이고 내밀한 과거가 한국 현대사의 비극적 현상과 맞물려 있다는 걸 알게 되었을 때, 우리는 과연 어떤 선택을 할 수 있을까? 어느 날, 올케로부터 "어머님이 매춘을 하셨었어요."(『전쟁 같은 맛』, 290[1])라는 말을 듣게 되고, 나와 아버지가 다른 오빠의 기억 속에 '어머니가 옷을 차려입던' 순간이 여전히 남아 있다는 걸 알게 된다면? 게다가 어머니와 아버지가 기지촌에서 매춘 여성과 고객으로 만났다는 걸 알게 되었다면?

뉴욕 시립 스태튼아일랜드대학 교수인 그레이스 M. 조의 회고록 『전쟁 같은 맛』(*Tastes Like War: A Memoir*)에서 가족의 비밀을 알게 된 순간, 저자는 그동안 위태롭게 꿰맞춰

1 이후 『전쟁 같은 맛』의 인용은 괄호 안에 쪽수로 표기한다.

오던 가족 이야기가 산산이 부서졌고, 이와 함께 자신의 삶도 '대형 폭탄'을 맞은 것처럼 위험하고 잔혹해졌다고 묘사하고 있다. 그런데 그동안 감춰졌던 "엄마 역사의 무게"(294)를 알게 된 저자가 이후에 취한 행동은, (대다수의 사람들이 그랬을지도 모르는) 침묵, 회피, 부인, 망각 등이 아니라, 한미 양국의 사회정의와 시스템을 향해 근본적인 질문을 던지는 일이었다. "어떤 구조와 시스템, 지정학적 사건이 엄마로 하여금 사회적 규범을 깨고 성산업에 진입하게 한 사회적 맥락을 만들었을까?"(327) 이와 동시에 저자는 부산의 기지촌을 떠나 1972년에 미국으로 이주한 후 인종차별이 극심한 마을에서 살았던 어머니에게 조현병이 발병한 데에 사회적 요인이 있다고 보고 이를 밝히기 위한 학문 작업에 착수한다. 즉, 어머니의 삶과 생애는 저자의 개인적 · 학문적 인생에서 가장 중요한 분기점 역할을 했고, 이 회고록 역시 지난 2008년에 세상을 떠난 어머니를 애도하는 저자의 사적 기록물인 동시에 '엄마와 엄마 같은 사람들'을 사회역사적으로 이해하고 탐구하기 위한 "정의 회복 프로젝트"(6)인 것이다.

'양공주'라고 불린 여성

저자의 어머니 '군자'는 일본으로 강제 징용된 부모에게서 태어나 한국전쟁 중에 아버지와 오빠, 언니를 잃고 가까스로 살아남은 생존자이다. 그녀는 일제강점기와 한국전쟁, 미군정기와 군사독재로 이어지는 한국 현대사의 질곡을 온몸으로 겪은 세대인 것이다. 그런데 군자의 삶이 1940년대(1941년)에 태어나 1960년대와 70년대에 청춘을 보낸 이 땅의 수많은 어머니들과 달라진 건, 고향을 떠난 그녀가 부산의 미해군기지 기지촌으로 흘러들어 이른바 '양공주'로 불린 여성이 되었기 때문이다. 저자의 어머니는 십대 중후반에 고향인 경상남도 창녕군을 떠나 부산으로 왔고, 스물한 살 때 미군과의 사이에서 아이를 임신했다(61). 이후 기지촌에서 아들을 낳아 키우던 어머니는 다시 미국인 선원을 만나서 저자를 출산했다. 저자의 부모가 정식으로 결혼한 후 미국으로 이주한 해가 1972년이었으니, 그때까지 저자의 어머니는 해외입양 1순위였던 혼혈 아동 둘을 데리고 기지촌에서 미혼모로 살아가고 있었다. 저자가 언급했듯이 당시 한국사회가 가장 멸시했던 여성은 미혼모였고, 그중에서도 혼혈아를 출산한 여성은 더욱 극심한 멸시의 대상이 되었다(68).

> "미군 기지로 몰려든 여성들은… '양공주'나 '양갈보'라는 낙인이 찍혔다… 미군 주둔으로 한국이 얻는 이익은 상당해서, 당국은 기지촌 성산업을 "외화벌이"의 일환으로 적극 홍보했지만, 정작 이곳에서 일하는 여성 노동자들은 점차 권리를 박탈당했다… 아버지들은 딸이 일해서 번 돈으로 가

계 빚을 갚았으면서도 그 딸을 호적에서 파냈다."(『전쟁 같은 맛』, 65-66)

해방 후에 기지촌의 성산업은 저소득 계층의 여성이 외화를 벌어들이는 주요 방편이 되었다. 1960년대에 한국의 기지촌은 전성기를 맞이했는데 당시 전국에 흩어진 6만 2천 명의 주한미군을 상대로 3만 명 이상의 여성들이 기지촌에서 생계를 유지했다.[2] 기지촌의 번성과 함께 정부는 1971년부터 성병 관리를 주된 골자로 한 '기지촌 정화 운동'을 벌였다. 나라 전체의 매춘 여성이 아니라 미군 기지촌의 매춘 여성만을 '정화' 대상으로 삼았다는 점, 성병 검사 및 치료와 격리에 있어서 남성(미군)이 아닌 여성만을 대상으로 했다는 점, 그리고 매춘 여성들에게 '민간 외교관'의 역할을 강조하는 교육을 실시했다는 점이 당시 한국 정부가 주도한 '기지촌 정화 운동'의 주요 골자였다.[3]

기지촌에서 살아가던 저자의 어머니에게 결혼과 미국으로의 이주는 미래를 약속하는 유일한 선택지였다. "쉰한 살

2 여지연, 임옥희 역, 『기지촌의 그늘을 넘어』, 삼인, 2007, 47쪽.

3 한미 관계에 따라서 변화한 기지촌의 역할과 정책, 그리고 젠더화된 기지촌 여성의 몸에 대한 자세한 논의는 캐서린 H. S. 문의 「한 · 미 관계에 있어서 기지촌 여성의 몸과 젠더화된 국가」를 참고할 수 있다. 일레인 김 · 최정무, 박은미 역, 『위험한 여성』, 삼인, 2001.

의 남편은 머나먼 땅에서 새로운 삶을 다시 시작할 수 있다는 약속으로 엄마를 안심시켜준 아버지 같은 존재였다. 그는 존재만으로 앞으로의 밝은 미래를 보여주었다."(69) 무엇보다도 미국행은 어머니 자신의 생존뿐만 아니라 혼혈인 두 아이의 미래를 담보하는 일이었다. "인종이 다른 사람과의 관계나 혼혈 아동이 받아들여진다고 얘기되는 곳에서 새로운 출발을 하려고"(78) 어머니는 미국행을 선택했다. 당시에 (그리고 이후에도) 미국은 '아메리칸 드림'으로 표상되는 약속과 성공의 땅이었다. 한국인들은 미국을 "빈곤이나 인종차별이 없고, 누구나 크게 성공할 수 있는 신화적인 장소"(59)라고 여겼다.

미국인과 결혼한 동양인 여성

이민자들의 나라인 미국에서 비백인에 대한 인종차별주의와 동양인 혐오는 오랜 오욕의 역사를 갖고 있다. 1790년의 귀화법은 오직 백인 자유인만이 미국 시민이 될 수 있다고 명시했고, 1920년대와 1930년대의 '외국인 토지법'은 아시아계 이민자의 토지 및 소유권을 금지했다. 1952년, 맥카란 월터법(McCarran-Walter Act of 1952)이 제정될 때까지 아시아계 이민자들은 미국 국적이나 영주권을 취득할 수 없었다. 아시아계 이민자의 가족결합이 인정되어 한인 이민자 공동체가 확장되기 시작한 건 1965년에 새 이민법이 시행되면서부터였다.

1972년에 저자의 가족이 이주한 미 서북부 워싱턴 주의 셔헤일리스 역시 "우익적 애국주의"(77) 즉 인종차별과 배타적 미국주의가 오랜 관습으로 내려오는 마을이었다. 저자의 가족은 그곳에 정착한 최초의 아시아인이었고, 이민자를 만난 적 없는 동네사람들에게 미국인과 결혼한 동양인 여성은, 아이의 진짜 아버지가 누구인지 알 수 없을 정도로 수상쩍은, "마을의 스캔들"(84)이었다. 저자의 가족를 향한 마을 사람들의 수군거림에는 미국인과 결혼한 동양인 여성은 모두 매춘부이고, 아시아계 이민자들은 위협적이고 위험한 존재라는 사회통념이 밑바탕에 깔려 있다. 즉, "황화론. 외국인 침공. 미국 사회의 근본을 흔드는 외국인의 손"(79)이라는 차별 의식은, 아시아인에 대한 공포심을 조장하여 세력의 확산을 막으려는 미국사회의 뿌리 깊은 백인우월주의에서 비롯되었다.

그런데 미국에 도착한 저자의 어머니가 일상을 헤쳐나가는 방식은 마치 여전사처럼 활달하고 거침없고 용감무쌍하다. 인종차별주의로 무장한 청년들이 저자와 저자의 어머니가 탄 자동차를 뒤쫓아오며 위협했을 때, 차에서 내린 어머니는 당당하고 거친 목소리로 청년들을 꾸짖어서 물리친다. 또한 어머니는 한낮에도 음습하고 어두운 마을 외곽의

숲속에서 야생 블루베리와 버섯을 채취한 후 상품화해서 돈을 번다. 게다가 동네사람들의 편견과 인종주의를 비웃기라도 하듯이 연말이면 학교 선생님들을 집으로 초대해 성대하게 파티를 연다. 미국의 수많은 한인 이민 1세대가 그랬듯이 저자의 어머니 역시 "유일한 인생 목표가 자녀들에게 더 많은 기회를 주는 것"(116)이었다. 이러한 어머니의 희생에 대해 (대다수의 이민 2세대들이 그랬듯이) 저자는 '부채감'을 느끼고, "엄마에게 진 빚을 갚으려고"(116) 어머니가 자신에게 바랐던 학자의 길을 걸어간다.

저자의 어머니는 낯선 땅에서 도전적이고 용감하게 삶을 개척한 이민 1세대 여성이었다. 그녀는 가족과 친척들의 이민을 도왔고, 낯선 땅에 도착한 한인 이민자와 입양인들에게 김치를 담가주고 고향 음식을 요리해서 향수병을 달래주었다. 하지만 저자가 지적하고 있듯이 "우리 엄마 같은 여성들은… '외국인과 살을 섞었다'는 낙인 때문에"(152) 한국인들과 한인 이민자 공동체, 그리고 주류 백인사회에서 이민자로서 정당한 가치를 인정받지 못했다. 한국에서나 미국에서나 이 여성들은 온전한 사회구성원으로 인정받지 못하고 경계선 밖으로 내몰렸다.

'미친 여자' 혹은 조현병 앓는 여성 이민자

저자의 어머니는 저자가 15세가 되던 1986년에 조현병 증세가 나타났다. 피해망상과 환청 증세를 보인 어머니는 자신이 '오키'(옥희)라고 부르는 '목소리'의 명령을 듣고 바깥세상과의 접촉을 차단한 채 방 안에 칩거했다. 1986년 당시에 정신의학계는 조현병이 생물학적 뇌 기능장애 때문에 발병한다고 보았고, 발병 원인과 치료에 사회적 환경이나 요인을 고려하지 않았다. 고등학교를 졸업한 후 집을 떠나 브라운대학에 진학하면서 저자는 어머니의 발병 원인을 본격적으로 찾아보기 시작했다. 저자가 보기에 어머니의 발병은 생물학적 요인과 더불어서 생애사와 관련된 사회적 환경, 즉 식민시대, 한국전쟁, 기지촌에서의 삶, 인종차별을 겪은 이민자 생활과도 연관이 있었다. 미국의 정신의학계에서 조현병 발병 원인에 가난, 인종성, 차별과 폭력 등의 사회적 요인을 고려한 건 이로부터 30여 년이 지난 2016년부터였다(96; 201).

'목소리'의 지배를 받는 어머니가 칩거생활을 하는 동안 저자는 어머니의 생애로부터 촉발된 사회학적 연구주제를 탐구하고, 시시때때로 음식을 거부하는 어머니를 위해 한국 음식을 요리한다. 어머니가 일러주는 조리법을 들으며 소고기국, 콩국수, 고등어조림, 생태찌개 등을 요리하면서 저자는 어머니와 더 많이 대화했고, "우리 가족의 과거에서 온

유령"(377)인 '오키'(옥희) 역시 자신의 일상으로 받아들인다. 딸이 요리한 생태찌개를 먹으며 어머니는 오래전 자신의 어머니가 끓여주었던 생태찌개의 맛을 떠올리며 위로받는다. 저자 역시 요리하고 음식을 먹으며 위로받는다. "나는 엄마를 위해 요리하는 여러 해 동안 나 자신의 정신적 탈식민화 과정을 거쳤다. 우리가 함께 나누었던 식사는 감정적으로 힘에 부쳤던 대학원 일을 버텨낼 수 있게 나를 보살펴주었다. 엄마가 나를 보살폈던 것이다."(434) 음식을 거부하는 어머니에게 고향의 맛을 선물하기 위해 한국 음식을 요리했던 저자는 어머니의 조리법이 "당신의 유산"이자 "웅장한 선물"(437)이었다고 회고한다.

이민 2세대 학자가 직조하는 디아스포라 유산

『전쟁 같은 맛』은 여러 면에서 놀라운 책이다. 한 가족의 사적인 경험이 어떤 식으로 역사성과 보편성에 맞닿아 있는지 보여줄 뿐만 아니라, 폄하하지도 미화하지도 않고 '엄마 역사의 무게'를 탐구한 이민 2세대 학자의 진정성이 돋보이는 책이다. 어머니를 애도하는 딸의 개인적 시선과 '엄마와 엄마 같은 사람들'에 대한 사회학자의 학문적 시선이 교차하면서, 진솔하고 묵직하며 울림 있는 디아스포라 유산에 관한 이야기를 엮어냈다. 한국전쟁 당시의 미군 보급품을 떠올리게 해서 어머니에게는 분유가 지긋지긋한 "전쟁 같은 맛"(39)이라는 사실이, 기지촌에서 어머니를 매료시켰던 치즈버거가 사실은 한국인의 생존과 (미국으로의) 종속을 드러내는 상징물이라는 점이, 그리고 어머니가 겪은 이 모든 일들이 딸에게도 '한'과 "트라우마의 유산"(414)이 되어 전해졌다는 사실이 촘촘한 글쓰기를 통해 밝혀지고 있다.

무엇보다도 이 책은 어머니의 생애사를 온몸으로 껴안고 이해하는 과정 속에서 저자 자신도 탈각하고 변화하는 모습을 보여주고 있다. 미국사회의 통념인 백인우월주의를 내면화해서 살아가던 저자는, 어머니의 생애와 관련된 연구주제에 천착하면서 난생처음으로 "내 목소리를 내기 위해 백인이 될 필요도, 백인 흉내를 낼 필요도 없었다"(265)는 걸 깨닫는다. 이 시기 동안에 저자는 '정신적 탈식민화 과정'을 거치며 자아와 세계를 새롭게 바라보는 시각을 갖는다. 즉, 인생에서 제대로 된 기회를 가져보지 못하고 '유령'처럼 세계를 떠돌았지만, '엄마와 엄마 같은 사람들'은 결코 무기력하지도 수동적이지도 않았고, 오히려 도전적이고 용감하게 자신만의 방식으로 삶을 개척했다는 사실을 밝혀낸 것이다. 그리하여 저자는 (전적으로 또는 부분적으로) 여전히 정신적 식민 상태에 빠져 있는 독자들 앞에 한미 양국이 각각 빚을 졌지만 동시에 멸시했던 여성들의 삶을 조명하고 재의미화한 회고록을 눈부신 선물처럼 내놓았다.

황은덕
2000년 〈부산일보〉 신춘문예 소설부문 당선으로 등단. 펴낸 소설책으로 『한국어 수업』 『우리들, 킴』 『한나 아렌트, 난민이 되다』가 있으며, 산문집 『황은덕 소설가의 공감 공부』, 역서 『한나 아렌트와 마틴 하이데거』 등이 있다. 현재 부산대학교 강사.

기억의 공간형식과 우리 집 역사 쓰기의 방법적 질문들

『가족의 역사를 씁니다』, 박사라 지음, 김경원 옮김, 원더박스, 2023

정미선

역사를 떠안고 가는 사람들의 에스노그라피

박사라의 『가족의 역사를 씁니다』의 부제는 '어느 재일 사회학자가 쓴 가족의 생활사'이다. 저자는 재일코리안 2세 아버지와 일본인 어머니 사이에서 태어난 재일코리안 3세로 자신을 인식한다. 저자의 가족은 일찍 돌아가신 한 명을 제외하고 제주도 조천면 신촌리에서 일본으로 이주해 온 재일코리안 1세의 위치성을 갖는 아홉 명의 큰아버지와 고모, 일본 땅에서 태어난 아버지를 포함하여 총 11명이다. 이 책에서 저자는 재일코리안 3세이자 동시에 사회학자로서 자신의 가족 이야기를 쓰고자 한다.

여는 글에서 저자는 자신이 '가족의 역사'를 쓰고자 한다고 말했던 처음의 순간으로 되돌아간다. 박성규 큰아버지와의 약속의 순간, "우리 집의 역사를 쓸 겁니다"(18쪽)라고 호언장담했던 그 순간이다. 저자의 생애의 순간들에서 가족의 역사는 문득 곳곳에서 발견된다. 저자가 초등학생일 때 친척끼리 제주도에 가서 성묘와 벌초를 하던 기억, 할아버지가 돌아가시고 할아버지의 장지를 오사카에 할 것인가 제주도에 할 것인가 결정하다 싸우던 큰아버지들의 기억, 저자가 고등학생 때 박정희 고모가 꺼낸 과거의 기억에서 가족들이 태평양 전쟁이 끝나고 제주로 돌아갔었다는 사실을 깨닫는 것 등이 그러하다. 이렇게 저자 자신의 유년의 기억과 가족의 기억이 중첩되는 자리들에서 저자의 '가족의 생활사'를 찾아 묻는 여정이 시작된다.

일견 분명해 보이는 재일코리안이라는 정체성. 그러나 저자 자신의 정체성과 가족의 정체성의 이름으로서 자리하고 이해되어 온 재일코리안이라는 위치성은 복잡하며 모호하다. 실제로 저자는 우리 집의 역사를 쓸 것이라는 약속이 오랫동안 이행되지 못했음을 서술하면서, 재일코리안이라는 정체성이 위치하는 시공간과 이를 인식하는 방법의 다양성에 대해 질문한다. 재일코리안 3세인 저자 자신은 "조선인에 여자"(17쪽)인 이상 일본 사회에서 장관은 될 수 없지만 박사는 될 수 있다며 가족들에게 말한다. 저자는 재일코리안 1세와 2세인 가족들을 갖고 있지만 본격적으로 가족의 생활사를 쓰기 위한 인터뷰 전까지는 그들의 생애담 속에 흐르는 기억의 역사에 대해 잘 알지 못한다. 이때 잘 알지 못한다는 것은 기술된 역사의 면면을 실제로 살아나간 사람들이 재일코리안이라는 정체성이 위치하는 시공간을 어떻게 경험했으며 동시에 어떻게 그 시공간을 인식해나갔는지를 알지 못한다는 것에 가깝다.

일제 강점기와 태평양 전쟁, 제주 4·3사건 등 저자의 가족이 살아온 역사적 시공간을 오랜 구술을 통해 기록하고 대화해나가는 과정에서 저자는 조선인이자 여자로서 일본 사회에서 살아간다는 것의 제약 이상으로, 저자가 인용하는 가네시로 가즈키의 소설 속 재일코리안 주인공의 "뿌리 없는 풀"(276쪽)이라는 인식에 대항되는 뿌리의 실감을 이해하게 된다. 그러므로 박사라의 『가족의 역사를 씁니다』는 가계적 기억의 연결망 내부에 위치하는 연구자와 구술자의 다단한 관계망 속에서, 역사적 사건을 체험하고 역사적 시공간을 구성하면서 동시에 그 네트워크에 위치해 있었으며 그러한 위치성 속에서 행위하며 생을 살아온 사람들, 즉 역사를 떠안고 가는 사람들의 이야기를 쓰는 에스노그라피적 작업이다.

기억의 공간형식과 기록하는 자의 소임

문제는 기억을 연구하고 서술하는 에스노그라피적 작업이

갖는 어려움이다. 박천웅[1]이 지적하는 것처럼, 역사사회학의 학제적 성격에서 기억 연구는 상당히 다양한 개념적, 방법론적, 전략적 차원에서의 질문을 품고 있다. 그는 기억 연구가 역사와 기억의 관계는 무엇인지, 어떻게 기억 연구를 수행할 것인지, 어떤 기억을 다룰 것인지, 개인의 기억이 특정한 사건을 특정한 방식으로 기억하고 망각하는 개별적 성격을 갖는다는 점에서 사회적/집단적 기억과 공공 기억 간의 관계에서 각기 기억의 층위들이 어떻게 서로 전환되고 연결될 수 있는지, 구술자와 연구자의 관계와 구술로부터 재현되는 사건의 의미와 맥락을 어떤 태도와 관점으로 이끌어내고 또 다시금 서술로서 재현할 것인지, 기억 연구의 정치적 · 사회적 · 윤리적 효과와 역할을 어떻게 설정할 것인지 다양한 논제와 쟁점을 해명하는 것을 필요로 한다고 쓴다.[2]

저자가 이 책에서 '우리 집의 역사'를 쓰는 데 있어서 가장 중요하게 탐색하고 또 난항을 헤쳐나가는 지점 또한 이와 같다. 저자는 책의 1장에서 생활사를 쓴다는 것의 어려움에 대해 서술한다. 사회학은 과거를 어떻게 다루어야 하는가? 저자는 네 가지의 방법을 든다. 첫째는 조작적 정의(사회적 역할, 젠더, 가족, 커뮤니티, 계급, 중심과 주변 등)를 활용하

1 박천웅, 「사회사/역사사회학적 기억 연구의 분과학문적 경계와 탈경계」, 『사회와역사』 137, 한국사회사학회, 2023, 89~129쪽.

2 위의 글, 90~106쪽 참조.

여 역사를 기술하는 방법이다. 둘째는 다양한 지역이나 집단이 걸어온 역사를 하나의 유형으로 기술하고 서로 비교하는 방식으로 기술하는 방법이다. 셋째는 증언과 구술 데이터가 실제의 사건이나 다른 데이터와 충돌할 때 그 데이터 사이의 관계를 검토하는 방법이다. 마지막으로 넷째는 역사 연구자가 역사를 기술하는 방식을 검토하거나 사실로 증명된 과거의 사건에 대해 구체적으로 어떤 일이 일어났는지를 검토하는 방법이다. 그러나 사회학과 역사학의 분과학문이 교차하는 이 공간에서, 개인과 집단과 공공의 층위가 교차하는 이 공간에서, 기억과 망각 그리고 말할 수 있는 것과 말할 수 없는 것이 교차하는 이 공간에서, 연구자와 구술자의 관점과 관계와 이해가 교차하고 때로는 충돌하는 이 공간에서, 구술자의 재현과 연구자의 재현이라는 중층구조가 변형하고 운동하는 이 공간에서 '우리 집의 역사'를 어떻게 쓸 것인가는 정직한 돌파구를 필요로 한다.

저자는 생활사 쓰기의 방법론을 통해 이러한 돌파구를 마련한다. 저자에 따르면 생활사는 "'이 사람은 이때 왜 이렇게 결단하고 이렇게 행동했을까?'를 이해하려는 것"(37쪽)이라고 말하면서, 재일코리안을 연구한 사회학 분야의 업적으로부터 "내가 만난 개개인의 하나밖에 없는 인생을 오롯이 다루"(38쪽)고자 하는 것을 이 책의 생활사 쓰기의 목표로 설정한다. 당신은 왜 일본에 건너왔는가? 어떻게 일본에 건너왔는가? 그 후 어떻게 살아갔는가? 이 세 질문은 가족들을 인터뷰하여 그들의 인생을 오롯이 다루고자 하는 저자의 핵심 물음이 된다. 이러한 과정으로부터 이 책은 각 장에서 네 명의 인생 이야기로 구성된다. 이연규 고모부, 박정희 고모, 박성규 큰아버지, 박춘자 고모의 생애담이 그것이다.

이연규 고모부는 아버지의 둘째 누나인 정희 고모의 남편이다. 일제 식민 치하에서 제주의 서당에 다녔고, 학업을 마친 후 제주 한림면 귀덕리의 소학교에 교사로 부임하여 일본인 교장과 조선인 및 일본인 교사가 함께 근무하는 환경에서 교사 일을 했다. 일본의 패전으로 조선이 해방되고, 해방 직후 제주도에서 결성된 제주도인민위원회와 남로당 제주위원회에서 활동했으며, 3·1절 파업에 참여했다. 총파업에 대한 미군정의 조사로 인해 체포되었고, 징역 8개월 형을 받아 수감 후 제주 4·3 사건 직전 경찰의 감시에 일본으로 밀항하였다. 구마모토의 항구에서 규슈의 오이타로 향했고, 오사카의 친척 집에서 거주했다. 암시장에 내놓을 쌀을 실어 나르는 일을 하다가 일본 경찰관에서 검문 당했을 때 자신의 생애담을 그 당시의 상황에 맞게 윤색하여 위기를 모면하기도 했다. 이연규 고모부는 오사카에서 제주에 있을 때 알던 사람인 K씨 집의 가정교사 일을 하다가 그 집의 봉제공장에서 일을 했고, 고모와 결혼했다. 어머니를 모셔오기 위해서 한국 국적을 받았고, 그 때문에 총련 사람들로부터 비난을 받기도 했다. 저자와 인터뷰를 하면서 이연규 고모부는 일본으로 건너온 것이 '해방된 기분'이었다고 말한다. 이연규 고모부의 생애담은 일제 식민 치하의 조선 제주도와 해방 이후의 혼란한 사회상 그리고 일본 오사카에서 생애를 꾸려나간 기억을 담고 있다.

두 번째로, 박정희 고모는 제주도에서 태어나서 갓난아기일 때 일본으로 건너왔다. 1938년 1월부터 1940년 사이 일제 식민 치하에서 제주도로부터 고베를 거쳐 오사카로 이주한다. 그리고 태평양 전쟁이 끝나고 제주도로 돌아가 제주 4 · 3사건을 겪는다. 또한 1950년 즈음 일본으로 다시 밀항할 때에, 쓰시마에서 붙잡혀서 오무라 수용소 생활을 겪게 된다. 수용소에서 풀려난 후 결혼하여 오사카에서 재일조선인의 일반적인 직업은 아닌 옷을 재봉하고 재단하는 일을 하고, 불고기 식당을 하다가, 다방을 경영하는 등의 일을 하며 살아간다. 박정희 고모의 생애담에서 저자의 고모는 제주 4 · 3 사건을 분명히 겪었지만, 자신의 체험을 제주 4 · 3 사건으로 이해하거나 기억하지 않는다. 오무라 수용소에서의 생활 또한 즐거운 일로 묘사한다. 저자는 그것이 무슨 의미인지를 질문한다. 박정희 고모의 생애담은 일제 식민 치하의 제주도로부터 한국전쟁 즈음을 거쳐 일본 오사카에서 생애를 꾸려나간 기억을 담고 있다.

세 번째로, 박성규 큰아버지는 1938년 제주도에서 태어나 태평양 전쟁 때 소개령으로 인해 와카야마 어딘가로 피란을 떠났다가 해방 전 조선의 제주도로 되돌아간다. 제주 4 · 3 사건이 발발한 뒤 가족과 함께 학살이 진행되었던 제주의 공간에서 학살을 모면하고 일본으로 밀항한다. 1951년 오사카 시립 서금리 중학교에 입학하고, 스이타 사건을 경험한다. 그리고 도쿄 도립 조선인학교에 진학하지만 경제적인 문제로 중퇴하고 오사카로 되돌아와서, 나사공장 일꾼으로 취직하여 후에 기술자로 전직한다. 1960년에 나사공장을 경영함으로써 전형적인 재일조선인들의 직종 중 하나에 종사하면서 살아간다. 박성규 큰아버지의 생애담은 일제 식민치하의 제주도로부터 제2차 세계대전, 제주 4 · 3 사건, 일본 오사카의 재일조선인 사회에서의 삶 등을 통해 생애를 꾸려나간 기억을 담고 있다.

마지막으로 네 번째로, 박준자 고모는 제주 4 · 3 사건 이후 제주도 사람들의 빈곤과 기아를 경험하는 유년기를 거쳐, 1951년 즈음 제주도에서 실질적인 무장투쟁이 끝나가고 있던 시점에 소학교에 입학한다. 그 당시에는 가족들이 일본에서 살고 있었기 때문에 언니와 함께 살다가 저자의 할머니의 부탁으로 1955년 전후 열 살쯤의 나이로 일본으로 밀항한다. 학교에 적응하지 못하고 모자 공장에 입주 노동자로 취직하며, 여러 직업을 전전하는 동안 결혼을 하고 글자를 모르는 괴로움에 야간중학교에 다닌 기억을 풀어놓는다. 박준자 고모의 생애담은 제주 4 · 3 사건을 기점으로 4 · 3 이후의 제주도에서의 삶과 밀항한 일본에서의 삶이 교차하면서 생애를 꾸려나간 기억을 담는다.

이렇듯 저자가 『가족의 역사를 씁니다』에서 담고 있는 이연규, 박정희, 박성규, 박준자의 이야기는 그들의 인생을 오롯이 다루고자 하는 저자의 목표에 따라 생활사 쓰기의 방법론으로 서술된다. 저자는 이 책에서 기억을 구술하는 구술자들의 재현과 이러한 구술자들의 재현을 다시금 생활사 쓰기의 기술로 재현하는 중층적 재현구조 속에서, 기억의 공간형식을 구축하며 기록하는 자의 소임을 다하고자 한다. 이연규 고모부의 이야기에서는 고모부와의 인터뷰를 수록하면서 동시에 거시사적 맥락을 부연하는 전략을, 박정희 고모의 이야기에서는 개인의 체험에서 역사적 사실을 읽는다는 것의 어려움을 메타적으로 서술하는 전략을, 박성규 큰아버지의 이야기에서는 거시사적 맥락과 함께 역사적 문헌의 다른 구술을 병치하는 전략을, 박준자 고모의 이야기에서는 "이야기하는 역사 속에서는 시간에 따라 경험이 있는 것이 아니라 경험 속에서 시간이 서로 이어진다"(248쪽)는 서술에 따라 시간을 다시금 연대기적으로 배열하는 전략을 취한다. 요컨대 이 책에서 저자의 기억 연구의 방법론과 전략은 공통적으로 다음과 같이 정리되는 셈이다.

이는 시간 순으로 생애사를 정리하는 재현과 함께, 거시사의 맥락을 끼워넣고 보충하는 서술과 다른 역사적 문헌의 구술 내용을 병치하는 서술을 병행하여 독자로 하여금 두꺼운 읽기(thick description)[3]를 가능케 하고 있다. 또한 인터뷰의 대화 내용을 발췌하여 배치함으로써 윤색하지 않은 대화를 제시하는 전략과 함께, 하나의 의미체로 정향되는 재현이 아닌 연구자와 구술자 사이 내지는 구술자의 생애와 생애기술 사이의 충돌과 모순을 그대로 보여준다. 더 나아가 이 책의 첫 부분과 마지막 부분에 함께 배치되는 제주 · 대한민국과 조선민주주의인민공화국 · 일본의 지도로부터 지리적 역장이 구성된다. 그와 함께 배치된 일제 식민 치하의 제주도로부터 제2차 세계대전, 해방 이후, 한국전쟁과 일본 오사카의 재일조선인 사회 등 저자가 관심을 두는 생활사의 오롯한 주인공들의 정체성과 위치성이 교차하는 공간과 시간 그리고 기억의 중층적 공간형식을 드러내준다.

박사라의 『가족의 역사를 씁니다』에서 이러한 전략들은 기억의 공간형식에 대한 각별한 학술적 올바름과 함께, 기억이라는 삶의 형식과 기억을 기억하는 기록자의 소임이 갖는 어쩔 수 없이 필연적인 공백의 문제에 대해 "그들이 살아가는 세계"(286쪽)를 "여러 사정을 딛고서[라도] 글로 써 낼 수 있는 과거"(287쪽)로 만든 저자의 생생한 분투의 결과물이라

---

3 클리퍼드 기어츠, 문옥표 역, 『문화의 해석』, 까치, 2009 참조.

고 해야 할 것이다.

역사의 공백을 메우고 잇는, 우리 가족의 역사를 쓰기

이렇듯 이 책의 가치는 우리 가족의 역사를 쓰는 일을 통해 역사와 기억과 기억의 기억이라는 다단한 층위를 가로지르며 역사의 공백을 메우고 잇는, 그럼으로써 공백을 다시금 드러내는 방식으로 기억의 공간형식과 분투하는 저자의 기록 속에서 수행적으로 구성되는 미시사에 있다.

또한 저자는 이 책에 담긴 생활사를 통해 이름부터가 '보통 일본인'이 아니라는 것을 날카롭게 인식할 수밖에 없었던 유년의 단편적 기억, 자신이 쓰는 모든 글이 재일코리안 3세 여자아이의 글과 이야기로 읽혔던 삶의 궤적, 나는 어느 나라 사람이냐고 질문했던 기억, 민단의 어린이 모임과 민족학급과 차별의 기억, 나와 "같은"(40쪽) 사람들이라고 믿는 사람들 사이의 이해와 기대와 오해 사이에서 생의 궤적을 구성해온 사람들과 자신의 일부를 공유하거나 공유하지 않으면서 살아온 기억과 가족의 기억을 연결하고 다시금 재구성하면서 가족의 기억을 이어나간다.

그리하여 이 책은 기억을 기록하는 연구자, 소수적 정체성으로 자신을 이해하는 사람들, 역사의 시공간을 체험하며 살아가는 사람들, 나의 경험과 생애를 끊임없이 시간과 장소

속에서 재배열하고 재구성하면서 공간적으로 존재하는 모든 이들에게 다단한 질문과 답변을 제공한다. 또한 근래 간토학살 100주기 추도식을 둘러싸고 국가보안법과 남북교류협력법 위반 혐의를 묻고 있는 지금-여기의 한국에서, 재일코리안의 역사와 삶에 대해 좀 더 가까이 이해하고자 하는 이들에게도 이 책은 훌륭한 가이드가 될 수 있을 것이다.

마지막으로, 이 책의 발간을 통해 독자로서의 우리는 하나의 질문을 다시금 선물 받는다. 당신의 가족 이야기는 어떠한가요? 사건과 역사와 기억과 구술과 재현이 뒤얽히는 생애의 자리에서 역사를 떠안고 가는 사람들의 에스노그라피에 주목한다면, 체현된 시간성을 끊임없이 공간적으로 구성하면서 의미를 직조하는 신체로서의 우리들의 생애담에도 주목하지 않을 이유는 없다.

정미선

1989년 전남 여수 출생. 전남대 국어국문학과에서 문학의 공간 연구로 박사학위를 받고, 현재 전남대 인문학연구원 HK+가족커뮤니티사업단 HK연구교수로 재직 중이다.

강을 따라, 깜빡이는 궤적을 따라
—정영선의 『아무것도 아닌 빛』을 돌봄 서사로 읽어야 하는 이유

『아무것도 아닌 빛』, 정영선 지음, 강, 2023

김대성

빨치산 투쟁과 디아스포라 서사를 축으로 삼아 정영선의 『아무것도 아닌 빛』을 읽어내는 건 자연스럽다. 그 때문에 노인 빈곤과 코로나 팬데믹으로 사회 관계망이 차단된 모습은 국가와 역사라는 대문자 이야기에 휩쓸려 압사당하거나 마모된 이들의 현재를 보여주는 소설의 배경처럼 보이기도 한다. 이야기를 이끄는 '안재석'과 '조향자'가 품은 갖은 사연에도 불구하고 『아무것도 아닌 빛』을 읽는 동안 눈길이 머물렀던 곳은 한때 맹렬하게 타올랐던 기억의 자리가 아니라 아무 일도 일어나지 않는 것처럼 보이는 텅 빈 곳들이었다.

낙동강 끝자락에 기댄 낡고 오래된 아파트는 어딘가로부터 떠밀려 온 사람들이 어울려 사는 곳이었지만 점점 비어간다. 안재석과 조향자가 휩쓸렸던 기구한 행보를 누구도

관심 갖지 않았던 것처럼 떠난 이들의 행방을 궁금해 하는 이는 없다. 그런 점에서 사라진 건 누군가만이 아니라 그간 부대끼며 살았던 '어울림'이라는 관계성이기도 하다. 이 이야기가 시작되고 끝나는 동안 유일하게 함께하는 건 그 누구도 아닌 낙동강이다. 낙동강은 도심 외곽이라는 입지 조건이나 인물의 마음을 달래주는 풍경이라기보단 서사를 이끄는 보이지 않는 동력이다.

아무것도 아닐 수 있는 이야기 한 자락을 펼쳐본다. 조향자는 뜻하지 않게 '태극기 부대 알바'에 동원되어 몸도 마음도 지친 상태로 돌아오는 길이다. 호주머니에 수당이 있으니 장을 봐야겠다 싶다. 에스컬레이터로 이어지는 마트를 가지 않고 굳이 지하철에 내려 몇 분 걸어야 하는 마트로 간 것은 이웃인 진명 엄마가 일하는 곳이기 때문이다. 마스크를 쓰고 있어 긴가민가한 탓도 있지만 아무래도 여러 곤란한 일이 생기는 일터인 터라 서로 반갑게 인사를 건네는 게 쉽지 않다. 두 사람은 함께 걷는 것도 아니고 따로 걷는 것도 아닌 어정쩡한 거리를 두고 걷는다. "전 강변으로 걸어 다닙니다." 뒤에서 진명 엄마가 급하게 이 말을 건넨 의도가 함께 가자는 건지 잘 가라는 건지 판단하기 어렵다. 조향자는 잠시 망설이다 강변 쪽으로 몸을 돌린다. 그때 강변으로 통하는 굴다리 밖으로 전동휠체어가 연달아 나온다. 이들이 강물을 내다보며 이야기를 나누다 돌아가는 길이라는 걸 그곳에 자주 나왔던 조향자는 이미 알고 있다. 느티나무 쉼터에 진명 엄마가 기다리고 있다. 마트에서 본 것보다 덜 피곤해 보이는 진명 엄마와 조향자가 나누는 대화엔 특별한 내용이 없다.

가족도 친구도 없이 가난한 채로 늙어가는 조향자에게 내쫓기는 것밖에 남지 않은 것처럼 보인다. 이웃과 잠시 강변을 걷고 평범한 이야기를 주고받는 저 장면을 다시 펼쳐 본 것은 어느 날 사라져도 어찌할 바 없다 여기는 이들이 서로에게 기대며 흔적을 남기는 모습처럼 보였기 때문이다. 삶에 쫓기는 진명 엄마가 강변을 바라보며 조향자를 향해 "바람을 쐬니 살 것 같아요"(170쪽)라며 건넨 말은 이 소설의 서사를 견인하는 데 아무런 영향도 미치지 않지만 조향자가 기대고 있는 희미한 빛이 잠시 깜빡이는 순간이라 생각했다. 『아무것도 아닌 빛』은 희미하지만 아직 사라지지 않은 깜빡임으로 가득하다. 그 깜빡임은 존재감이 분명한 선이 굵은 서사엔 담아낼 수 없고 그런 이야기를 기대하는 이들에겐 좀처럼 읽히지 않는다. 『아무것도 아닌 빛』은 '밤하늘에 희미하게 반짝이는 작은 개똥벌레를 뒤쫓는 데'[1] 집중한다.

마찬가지로 이 소설에서 낙동강은 취약 계층의 발걸음

---

1 멜리사 그레그 · 그레고리 시그워스 편저, 최성희 · 김지영 · 박혜정 옮김, 『정동 이론』, 갈무리, 2015, 20~21쪽.

이 가닿는 곳이면서 잠시나마 숨통을 틔게 하는 환경 정도로 그려지는 듯 보이지만 막상 "강이 도시 바깥을 돌아 바다에 닿을 때까지 몇 줄기로 갈라지는지 아는 사람"(70쪽)은 없으며 강 근처에 사는 사람 또한 "매일 보지만, 매일 본다고 강을 다 알 수 있다고 생각하지는 않는다." 전동휠체어를 탄 이들이 강으로 오는 까닭은 한적한 곳에 모여 이야기를 나누기 위해서만은 아니다. 강 근처에 사는 이들은 모두 강을 바라보지만 기대는 방식은 저마다 다르다. 조향자는 강을 보며 자꾸 '다리' 이야기를 한다.

> 의지와 상관없이 다가오는 어떤 것을 느낄 때마다 강바닥에 내린 다리의 기둥을 보는 것 같았다. 어딘지 모르지만 깊숙이 뿌리를 박은 뭔가가 강 아래로 더내려가지 않게 하는 것처럼, 자신이 멀리 가지 않도록 밥을 먹이고 잠을 재우는 것 같았다. (72쪽)

> 그들이 남기고 간 강물 위로 김해로 건너가는 다리가 보였다. 그뿐 아니다. 구포, 물금에서도 강을 건너는 다리가 있고 해가 기울면 물속에도 다리가 있었다. 바람이 불 때마다 조금 흔들리긴 했지만 기우는 햇빛을 받아 반짝이는 게 걸어도 될 것처럼 선명했다. 동준을 뿌릴 때도 물속에 다리가 있었다. 아버지는 저기 물속 다리를 건널 수 있겠네. (중략) 아

들도 물속 다리를 건넜을 것이다. (170쪽)

원폭 피해로 오랫동안 앓다가 요양원에서 쓸쓸하게 죽음을 맞이한 남편 동준과 자살한 아들 병호의 유골을 뿌린 곳도 강이었다. 조향자에게 낙동강은 누군가를 떠나보낸 애도의 장소이지만 그곳을 가로지르는 다리는 떠내려가지 않고 이곳에 버티고 살아가야 하는 이유가 되기도 한다. 이 소설에서 강은 '흐름'과 '버팀'의 정동이 생성되는 장소이자 시간과 사건이 축적되는 '몸'이다. 역사라는 격랑에 휩쓸릴 수밖에 없는 미약한 개인이 할 수 있는 건 저항이 아니라 가까스로 버텨내는 일이다. 힘과 권력이 아귀다툼하는 역사의 틈바구니에 끼인 가난하고 힘없는 사람의 끈질긴 생의 의지는 특별할 것이 없기에 어디에도 기록되지 않는다. 『아무것도 아닌 빛』 전체를 관류하는 낙동강은 어디에도 기록되지 않은 이야기의 저장고라 봐야 한다. 흐르기에 무엇도 쓸 수 없을 거라 생각되지만 흐르기 때문에 무엇이라도 쓸 수 있다. 마치 양피지(palimpsest) 위에 덧쓰기를 반복해서 지우고 쓴 것들이 축적되고 쌓여 지울 수 없는 흔적으로 남는 것처럼 말이다. 강은 그곳에서 그저 변함없이 흐르고 있는 것처럼 보이지만 여러 존재가 남긴 것들의 흔적이 뒤섞이며 어울리고 부대끼는 정동적인 장소이기도 하다.

양피지로서의 강, 정동적인 장소로서의 강은 『아무것도

아닌 빛』의 '쓰기'와 맞닿아 있다. 강이 한줄기로 흐르는 것처럼 보이지만 실은 여러 줄기로 갈라져 흐르는 것처럼 이 소설 또한 여러 시점과 서술의 교차를 통해 이야기를 쌓아간다. 빨치산과 디아스포라라는 굵직한 서사 또한 가만히 들여다보면 미약한 이들의 작은 이야기가 축조해나가고 있음을 알 수 있다. 소설 전체를 통어하는 힘 있는 서술자를 전면에 내세우기보다 잔해와 같은 희미한 깜빡임을 뒤쫓으며 그 어디에도 기록된 바 없는 존재들의 드러나지 않은 궤적을 그려내는 것이 정영선의 소설 쓰기라 읽었다. 그런 이유로 강은 주변부로 밀려한 이들의 잔해가 쌓이는 비극적인 장소가 아니라 연약한 존재가 모이는 돌봄의 장소다.

'아무것도 아닌 빛'은 안재석과 조향자의 지난 시간을 애도하는 비유가 아니다. 희미하지만 사라지지 않고 그 자리에서 깜빡이는 빛은 기구한 운명의 비극성을 가리키는 표지라기보단 보이지 않았지만 서로에게 기대어 살고 있(었)다는 걸 가리킨다. 안재석은 "어떤 것도, 누구에게도 기대지말자는 다짐은 늘 하지만"(19쪽) 그이를 살게 한 건 배신한 동료(박동배)에 대한 복수심이 아니라 누군가의 돌봄에 있다. 같은 의미로 안재석이 품고 있던 복수심은 배신당했다는 분노를 기반으로 하는 것처럼 보이지만 실은 '버려졌다'는 상실감을 바탕으로 한다. 박동배가 입원한 요양병원으로 가서 안재석이 한 일이 "박 동무의 고환을 들고 그 아래 묻은 묵은 오물을 닦”(43쪽)는 일이었던 건 우연이 아니다. 안재석에게 중요했던 건 이념이나 신념이 아니라 뜻을 함께 했던 동료였다. “산을 내려가면 내년에 용두산공원에서 만납시다”(48쪽)라고 한 약속은 ‘미래라는 불확실한 바다에 안전한 섬 하나를 세우는 일’이었을 것이다.[2] 바깥으로 내몰렸던 이들에게 약속은 새로운 관계를 세우고 새로운 삶을 시작할 수 있는 힘이지 않았을까.[3]

그가 원했던 평등한 세상은 이념에 무게 중심을 둔 것이 아니라 ‘정동적 평등’을 가리키는 것이라 봐야 한다. 한 사회에서 모든 사람이 동등한 수준의 사랑, 돌봄, 연대를 경험하고 이를 박탈당하지 않아야 한다는 점을 주장하며 캐슬린 린치와 그의 동료들은 이를 ‘정동적 평등’이라 말한 바 있다. 사랑과 관심, 배려를 비롯한 정동적인 측면이 인간 생존에서 필수적인 부분이라는 것인데, 돌봄은 육체적 생존을 위해서만이 아니라 일생에 걸쳐 타인을 느끼고 돌볼 수 있도록 해주기 때문에 극히 중요하다. 이러한 협조적인 정동 관계는 인간의 근본적인 상호의존성을 표현한다.[4] 『아무것도 아닌

---

2 한나 아렌트, 이진우 · 태정호 옮김, 『인간의 조건』, 한길사, 1996, 309쪽.

3 “이 동무는 그 약속을 하니 갑자기 힘이 솟는다고 했다.”(정영선, 앞의 책, 49쪽)

4 캐슬린 린치 외, 강순원 옮김, 『정동적 평등』, 한울아카데미, 2016, 321~322쪽.

빛』을 '돌봄 서사'로 읽어야 하는 이유는 여기에 있다.

누군가를 기다리며 주변을 보살펴왔던 조향자의 삶 또한 '희생'이나 '헌신'이 아닌 돌봄을 수행한 삶으로 설명할 수 있고, 응당 그런 지위를 누려야 한다. 늙고 가난하다는 이유만으로 국가로부터 집을 빼앗기고 시설(장수원)로 추방당하는 참담한 여정을 따라가는 이 소설은 돌봄과 정동적 평등이 무너지는 오늘의 세상을 담담하게 그리고 있다. 이는 『아무것도 아닌 빛』이 돌봄 체계가 무너지고 있는 오늘의 풍경을 그려내는 데 공을 들이고 있다는 걸 짐작게 한다. 모두가 마스크를 써서 얼굴을 가려서 서로를 알아 볼 수 없고 어디든 옆자리는 커다란 X표가 가로막고 있다. 이는 코로나 팬데믹이라는 시대 풍경을 그린 것이라기보다 옆, 이웃, 곁이 사라지고 있다는 걸, 다시 말해 정동적 불평등의 역사가 지속 · 확장되고 있음을 기록한 것으로 봐야 한다.

자신의 집에서 하루를 묵고 간 안재석이 깜빡 잊고 간 모자를 들고 밖으로 나온 조향자가 아파트를 바라보는 장면이 있다. 자신이 사는 905호를 904호와 906호 사이에 있는 집이라 여긴다.[5] 904호도 떠나고 906호도 떠났다. 그 뒤로 누구도 이사를 오지 않는다. 이사를 오더라도 벽 너머로 싸우는 소리를 들을 수 있을 뿐 이야기를 나누는 경우는 없

---

5 "904호와 906호 사이의 905호를 찾았다." 163쪽.

다. 이웃이 없기에 자신이 사는 집도 찾기 어렵다. 안재석의 삶을 뒤쫓아 그의 궤적을 그려낼 때 마침내 드러나는 건 조향자의 보이지 않는 돌봄이었다. 그 돌봄에 기대어 안재석은 삶과 기억을 이을 수 있었다. 전쟁이 끝나고 경찰이 찾아와 조향자에게 안재석의 사진을 보여주며 아는 사람이냐고 물었을 때 사실혼 관계라 거짓말을 했던 것 또한 누군지 뚜렷하게 말하기 어렵지만 어딘가에 있을 '한 사람'이 "큰 나무처럼 그늘도 만들어주고 이정표도 되어주기를 바랐"(238쪽)기 때문이다. 이 소설을 읽은 독자라면 '아무것도 아닌 빛'이 보이지 않는 방식으로 존재를 일으켜 세운 돌봄의 다른 이름이라는 걸 알게 된다. 그 빛이 지금도 여전히 깜빡이고 있다는 것과 함께 말이다. 깜빡이기 때문에 곧 사라질지도 모른다. 깜빡이기 때문에 아직 사라진 것은 아니다. 『아무것도 아닌 빛』을 통해 쓰이지 않은 서사를 읽어야 한다면 빨치산과 디아스포라뿐만 아니라 보이지 않았던 돌봄과 정동적 평등에 관한 역사일 것이다.

김대성

2007년 「DJ, 랩퍼, 소설가 그리고 소설」로 〈작가세계〉 평론부분 신인상을 수상하며 등단했다. 비평집으로 『무한한 하나』(2016)와 『대피소의 문학』(2019)을 출간했다. 2013년부터 생활예술모임 〈곳간〉을 운영 중이며 〈젠더어펙트 연구소〉의 특별연구원으로 활동을 하고 있다. smellsound@empas.com

우리들의 기록은 사랑이어라

『**기록을 찍는 사람들**』, 조현준, 전민규 지음, 산지니, 2022

양진오

1. 기록, 지역 공동의 기억으로

이런 우스개가 있다. 대구 특산품이 아파트라는. 아니 고쳐 말해야겠다. 정확히는 대구 특산품이 신축 아파트라는 우스개가 있다. 그런데 어디 대구만 그럴까? 대한민국의 웬만한 도시라면 이런 우스개가 통할 듯하다. 그런데 대구가 유독 신축 아파트의 으뜸 도시처럼 보이는 이유는 뭘까? 오래된 골목과 거리, 주택이 많은 까닭이 아닐까. 지금도 대구 이곳 저곳에서 신축 아파트를 짓는 공사가 요란하다. 이미 공사를 완료해 위용을 자랑하는 아파트도 적지 않다.

땅을 딛고 살고 싶어 주택살이를 하고 있다. 그런데 이 정든 주택이 어느새 신축 아파트에 포위된 형국이다. 이게 시간이 오래 걸린 일이 아니다. 꼭 문재인 정부 때부터였다고 말하기는 어렵다. 박근혜 정부에서도 대구는 부동산 경기가 활황 조짐을 보였다. 이 활황 조짐이 문재인 정부를 거치며 아파트 재개발로 폭발했다. 그 광풍은 정권이 바뀐 지금도 좀처럼 꺾이지 않고 있다. 대구의 대표적인 원도심인 북성로도 이 광풍을 피할 수 없었다. 대구의 식민지 근대를 표상하는 북성로 입구에는 50층 높이의 주상복합아파트가 세 동 세워지고 있다. 주상복합아파트의 이 압도적 풍경은 북성로 소금창고와 대구읍성의 지반을 허문 채 완성되고 있다.

어디 이뿐인가. 한국전쟁기 시절 숱한 문인들이 출입한 백조다방도 주상복합아파트 건설과 함께 사라졌다. 한국 전시문화의 유산, 향촌동 골목의 미래도 장담하기 어렵다. 대구의 오랜 시간과 기억을 표상하는 장소를 지우며 세워지는 아파트가 법적으로 무슨 문제가 있을까. 행정당국자들은 법적으로 문제가 없다고 늘 항변한다. 그러나 법적으로 문제가 없다는 게 최선은 아닐 게다. 도시의 오래된 시간과 기억을 보존함으로써 도시의 얼굴을 다채롭게 만드는 일 또한 행정당국자의 주요 과제이어야 할 것이다.

대구 북성로만 사라지는 게 아니다. 남산동도 그렇다. 남산동에는 인쇄 골목을 포함하여 천주교, 개신교, 동학 등 대구 근대종교를 표상하는 장소와 스토리가 산재해 있다. 동학을 창도한 수운 최제우가 처형된 장소가 남산동과 가까운 반월당 동아백화점 주차장이다. 이육사 시인은 안동 출신이지만 생애의 주요한 시간을 대구에서 보낸다. 그는 대구에서 자연인 이원록에서 시인 이육사로 탄생한다. 그가 가족과 함께 살던 남산동 집은 아파트 공사 때문에 철거된 지 오래다.

한국 노동운동의 전설, 전태일의 대구집 소재지도 남산동이다. 전태일의 생애는 고단했으나 그는 남산동 집에서 행복했다. 배울 수 있어서다. 『전태일 평전』 기록이 그렇다. 『저 하늘에도 슬픔이』의 주인공 이윤복도 한때 남산동에서 살았다. 남산동에는 이렇게나 대구의 장소성을 표상하는 장소와 스토리가 골목마다 산재해 있다. 그런데 남산동도 어느새 신축 아파트 단지로 서서히 변모하고 있다. 안타까운 일이다.

이렇기에 대구 원도심의 장소성을 재현하는 기록은 언제 읽어도 반갑다. 특히나 그 기록이 지역 공동의 기억으로 공유될 수 있다면 그 반가움은 클 수밖에 없다. 그 큰 반가움을 선사하는 책이 출간되었다. 조현준 · 전민규의 『기록을 찍는 사람들』(산지니, 2022)이 바로 그 책이다.

2. 장인, 기록의 주체로

『기록을 찍는 사람들』은 대구 남산동 인쇄 골목 기록지이다. 인쇄 골목이 남산동의 전부는 아니다. 그렇지만 인쇄 골목이 남산동의 대표 골목임을 부인할 사람은 거의 없다. 아니 전국 어디에도 이렇게 인쇄로 특화된 골목이 없다. 그러나 이는 남산동의 외적 특징일 수 있다. 우리가 기대하는 기록은 눈에 보이지 않는 인쇄 골목의 숨결이다. 조현준 · 전민규 두 저자는 책 머리말에서 남산동 인쇄 골목을 기록으로 남기게 된 이유를 밝히고 있다. 그 이유는 다음과 같다.

> 기록을 찍는 사람들. 그들의 이야기를 기록해야겠다고 결심한 건 그들에 대한 기록을 어디에서도 찾을 수 없기 때문이다. 거대한 아파트 단지와 고층 빌딩이 즐비한 번화가 사이에 자리 잡은 수백 개의 작고 오래된 인쇄 업체들의 이야기가 궁금했다. 처음에는 호기심을 가지는 정도로 그쳤다가, 그 사람들의 이야기를 듣지 않고서는 안 되겠다는 생각이 들 정도로 욕심이 커졌다. 결국 인쇄 업체를 찾아다니며 그들의 이야기를 들을 수 있었고, 나아가 인쇄 골목 안과 밖에 있는 다양한 사람들의 이야기를 들을 수 있었다. 그리고 그렇게 들은 이야기를 이 책에 기록하게 되었다.(4쪽)

이 책의 제목이 『기록을 찍는 사람들』인 이유가 머리말에 거론되고 있다. '기록을 찍는 사람들'의 '사람'은 저자를 말하는 게 아니었다. '기록을 찍는 사람들'의 '사람'은 남산동 인쇄 골목의 장인들을 말하고 있었다. 그런데 저자들의 말처럼 인쇄 장인들에 대한 기록은 거의 없는 실정이다. 아니 인쇄 장인만이 아니다. 수제화 장인, 공구 장인의 진솔한 고백을 인터뷰한 기록이 거의 없는 실정이다. 이 책의 출간 배경이 이렇다.

이 책은 목차의 두 번째 기록「인쇄하는 사람들」에서 밝히고 있듯 총 11명의 인쇄 장인과 인터뷰를 진행한다. 인쇄 장인의 육성으로 채워진 이 책의 두 번째 기록「인쇄하는 사람들」은『기록을 찍는 사람들』에서 가장 소중한 성취로 읽힌다. 인쇄 장인과의 인터뷰는 인쇄 공정 단계를 따라 진행되었다. 요컨대 인쇄 전 단계, 인쇄 단계, 후공정 단계 등 인쇄 공정 단계에 근거하여 인쇄 장인과의 인터뷰가 이뤄졌음을 저자들은 밝히고 있다.

이에 이 책의 두 번째 기록「인쇄하는 사람들」은 독자로 하여금 인쇄 공정 단계를 간접적으로 경험하게 할 뿐만 아니라 그 단계에 관계하는 장인들의 진솔한 고백을 청취하게 함으로써 인쇄 골목을 더 깊게 이해케 한다. 인터뷰 서술 방식으로 인쇄 공정 단계를 설정한 저자들의 안목이 참신하다.

이와 함께 이 책은 일반 독자라면 생소할 수밖에 없는 인쇄 분야의 전문 용어들, 예컨대 '도무송'이나 '오시가 들어간다'의 뜻을 인터뷰를 빌려 풀이한다. 기록자라면 오랜 시간 장인들이 익숙하게 써온 입말 용어도 각별하게 살펴야 한다. 어느 장인은 인터뷰에서 저자들에게 이렇게 말하고 있다. “대부분 여기 분들은 연세가 많으셔서, 그리고 평생을 이 일을 하셨기 때문에 재개발이 된다고 하면 다 그만 두실 것” 같다고 말이다. 또 다른 어떤 장인은 인쇄 골목이 오래갈 것 같지 않다는 우울한 전망을 남긴다. 이처럼 인쇄 장인들이 전망하는 인쇄 골목의 미래는 밝지 않다.

3. 기록, 또 다른 기록으로

그런데 이 책은 외부에서 인쇄 골목으로 유입된 이들의 이야기도 들려준다. 이 책의 세 번째 기록 「인쇄골목의 안과 밖에서」가 그렇다. 「인쇄골목의 안과 밖에서」에 등장하는 주인공들은 인쇄 골목에 터를 잡은 출판사, 서점, 커피집 대표들이다. 이 책의 두 번째 기록이 인쇄 장인들의 기록이라면 세 번째 기록은 인쇄 골목 협력자의 기록이다. 이 기록도 역시나 이 책의 성취이다.

골목 생태계는 단일한 자원으로 채워지지 않는다. 골목 생태계는 다양한 자원의 조화로 이뤄지는 문화유산이다. 그리고 골목 생태계는 다양한 자원에 관계된 장인들의 오랜 시간에 걸친 협력과 공력으로 거듭나는 공동 자산이다. 골목 생태계는 어느 날 갑자기 사업 방식으로 개발되는 게 아니다. 그런 점에서 이 책의 세 번째 기록은 돋보인다. 세 번째 기록 중 단연 눈에 띄는 것은 대구를 커피 성지로 이끈 룰러 커피 대표와의 인터뷰이다. 이 인터뷰는 인쇄 골목 생태계의 진화를 표상하는 사례로 읽혀 흥미롭다.

2017년 7월부터 영업을 시작했다는 룰러 커피의 트레이드 마크는 놀랍게도 인쇄 기계이다. 룰러 커피 대표는 가게를 하기 전부터 인쇄 활자를 워낙 좋아했다고 한다. 이 취미를 커피에 접목하고 싶어 커피집을 열게 되었다는 게 룰러 커피 대표의 고백이다. 물론 룰러 커피 대표도 가게 이전을 생각할 정도로 인쇄 골목의 미래를 밝게 보지는 않는다. 저자들은 이런 염려를 반영한 어느 인쇄 장인의 구술을 남기며 기록을 서서히 마무리한다.

> 재미 없어요. 절망이라. 우리도 마, 이래 하고, 마, 더 이상 안 하지. 재미없어요. 그러이끼네 인자, 좀 큰 데는 인자. 막, 단가 치고 들어오니까 어쩔 수 없이, 그런 데는 인자, 하긴 하는데, 우리는 인자, 한 번씩 기대되는 거는 입찰 드가(들어가) 가주고 입찰 따는 거, 그거 밖이 없거든.(274쪽)

'절망'을 확언하는 인쇄 장인의 구술은 과장으로 들리지 않는다. 남산동 인쇄 골목, 언젠가는 재개발 운명을 마주할 것이다. 인쇄 골목 재개발도 법적으로는 아무런 문제가 없을 것이다. 더구나 인쇄 장인들이 고령임을 감안하며 인쇄 골목의 존속을 장담할 수 없다. 그렇다면 우리들의 남은 선택은 기록이다. 기록은 기록이되 지역 기록이며 마을 기록이어야 하겠다. 기록은 기록이되 사업이 아닌 사랑의 마음으로 서술하는 기록이어야 하겠다.

인쇄 골목을 오랜 시간 묵묵히 지킨 장인들은 존경받아야 한다. 어느 한 공간을 삶이 녹아든 장소로 바꿔낸 장인들을 우리는 존경하지 않을 이유가 없다. 기록은 바로 이 지점에서 언제나 새로 쓰여야 한다. 인터뷰 기록, 사진 기록, 용어 기록 등으로 남산동 인쇄 골목의 안과 밖을 전방위적으로 조망한 『기록을 찍는 사람들』의 후속 기록을 기대한다.

양진오

대구대학교 문화예술학부 교수. 스토리텔링 공방 북성로대학 대표

tell65@hanmail.net

문학/사상 8
트랜스로컬

초판 1쇄 발행 2023년 10월 30일

발행인 강수걸
편집인 구모룡
편집주간 윤인로
편집위원 김만석 김서라
편집장 신지은
펴낸곳 산지니
등록 2005년 2월 7일 제333-3370000251002005000001호
주소 부산시 해운대구 수영강변대로 140 BCC 626호
전화 051-504-7070 | 팩스 051-507-7543
홈페이지 www.sanzinibook.com
전자우편 sanzini@sanzinibook.com
블로그 http://sanzinibook.tistory.com

ISBN 979-11-6861-187-0 03800
ISSN 2765-7167

* 책값은 뒤표지에 있습니다.
* 파본은 구입처에서 교환해드립니다.
* 본지는 한국문화예술위원회의 2023년 문예지발간지원사업에서 원고료(일부)를
지원받아 발간되었습니다.

정기구독/후원 안내

정기구독

1년 정기구독 3만 원
2년 정기구독 ~~6만 원~~ → 5만 원 (17% 할인)
3년 정기구독 ~~9만 원~~ → 7만 원 (22% 할인)

정기구독 혜택

산지니 도서 1권 증정
배송비 무료(해외구독 별도)

정기구독 및 『문학/사상』 후원

1년 정기구독 + 신간 도서 2권 증정 → 5만 원
2년 정기구독 + 신간 도서 4권 증정 → 10만 원
3년 정기구독 + 신간 도서 6권 증정 → 15만 원

정기구독 신청방법

● 아래 링크로 구독 신청서 작성해서 제출하고 입금하기
구독신청 폼: http://naver.me/5U1HMqMl

● 아래 계좌로 입금하신 후 전화나 이메일로 주소, 연락처를 알려주세요.
전화: 051-504-7070
이메일: san5047@naver.com
부산은행 154-01-005889-7 (강수걸)